陳雪

橋上的孩子

目次

序

讀《橋上的孩子》

駱以軍

讀陳雪的新作《橋上的孩子》，彷彿在最深的水池底端，抱著快要被壓力擠爆的腦袋。像壞掉的鐘錶。一邊鼻孔一綹綹地冒出血絲來，一邊還用舌頭向上舔去那些腥味被沖淡的，暈開的淡紅色。事實上，作爲陳雪的小說讀者，從九〇年代那些「身分」之牆隔溶解，那些「水晶的精密幾何和演繹推理之抽象性」的情慾傳奇，那些冷寂科幻的城市場景，怪奇如培養皿中浮升而出的新人種。耽美如醇酒傾溢的不同階層的「惡女」（已領悟性別愛慾之液態自由）對矜持的，如霧中風景的故而憂鬱的異性戀女孩之勾引、愛悅，乃至劫毀與狂愛交混的仙魔之境。我總在想：陳雪，或是我，或是我們這一整個世代的小說創作者，走過了九〇年代那個照世之眼彷彿被用不同角度之剃刀薄刃割開了瞳孔，曾經被放置在不同脈絡的閉室中解讀，卻又器質性地具有某種易碎、脆弱、無寫實主義延展景深的相似感性結構（那許許多多我同輩的小說家名字），某一階段，其實已如博物館的標本師傅，已經就「自我的技藝」（黃錦樹語）或自我剝奪的攤散一地之骨骸，拼組成那些削肉打磨泡浸過福馬林的支架所能裝置最森然駭異之造景。但，「從此以後」呢？那像被環誌過的候鳥，如何帶著這一身（其實像火化後撿骨的小關節）在時間極速中耗損過度的早衰骸骨，朝花夕拾，或重抄經重臨帖。

我不知道我這樣想像小說的編織和難處是否會顯得保守迂闊？但這兩年來我確實暗自將黃仁宇先生在《關係千萬重》一書中所說的「關係」——死生、情愛、經濟——模糊作為小說技藝（卡爾維諾所說，當代小說作為百科全書，作為一知識方法，甚至當作一網路，連接世界的人、事、物）投擲向不論是流逝、瞬閃或龐大繁複乃至瞠目結舌乃至辭窮無力追記素描之的，眞實，這個過程，小說家對自身支配力、侵蝕力或覆蓋幅原的想像。某種極簡主義或現代主義式的年輕藝術家的自我戲劇肖像，使我們這一代的小說在處理「關係」時，其實常被視覺化的強力特寫能力或某種空鏡巨大的「哀愁的預感」，隱藏至一幅「無關係」的曝光照片之後。在那死生直見屍體、情愛（情慾）淹沒於繁華潦亂之換裝或生殖器體液橫飛，經濟不外乎全球化城市角落冷光、自動化，或如便利超商結帳櫃檯之疏離場景……，對於「關係」的古典教養，人情世故的低迴品味；高低不同層次的，人的存在處境之網的布局、作眼，勾鎖牽連，細筆慢工……，變成一個遙遠難企的技藝鄉愁。

小說被某種虛無吞噬——盧卡奇所說的，小說本來應永遠與之對抗的孿生兄弟：通俗小說——改良版的，「慾望城市」式的都會羅曼史，「關係」成爲昆德拉小說《身分》結尾那個恐怖、異質之換裝化妝舞會一般的壓縮光碟。所有的荒謬劇或殘酷劇場，全被編號歸檔，像病毒植株被拔去了毒性基因成爲疫苗，當作情趣商品在精準的短篇幅閱讀中贈送傳遞。風格化的文字表演，一本書作爲「一次性商品」被策略操作或消費。這些新型態的寫手（我好像把自己也罵進去了），較前代的羅曼史作者，具備更精萃的人類學訓練，更好的文字修辭，通常是一品味極佳且頗用功的小說讀者；但是有一個可怕的詛咒隨時間延長而浮現：那就是，最後我們可能變成「不是小說家」了。

這是我爲何讀畢陳雪的《橋上的孩子》，會無比感慨：這是一次無論對她個人，對我這樣一個讀者或同輩同業來說，皆十分珍貴的書寫實踐。

如書名所示，「橋」是這部往事追憶錄體例小說的，一再出現之象徵。橋代表著不確定，一方面像是這個已遭壞毀、插滿玻璃碎片的女子，對著在愛情關係中遭她傷害的戀人懺情，揭示自己的暗傷：

「於是我又回到了這個屋子裡，經過了那麼多年我從那鬧市裡走開逐漸地變得無法適應人群，頭腦經常都是錯亂的，你無視於我那錯亂的思考跟生活方式單純地以爲我就是一個天眞無邪的孩子……

「千萬不要愛上那個橋上的孩子，她所說所想的一切都是虛構跟想像的。如果她說愛你那麼她一定是在編故事。連你也是她虛構想像出來的吧！一個不斷讀著信說著電話的人，只要一個按鈕就可以全部取消。」

橋亦架連著時間狀態的兩端：她像檢視傷害心靈照片那樣眺望著一切尚靜美完好的那一端：豐饒而天眞的聽（說）故事時光。沒有離家之前的母親是個說故事高手（「……媽媽說故事時的神情，似笑非笑的嘴角，說到關鍵時刻故意的拖延，模仿不同角色的口吻聲調，說到開心時手舞足蹈，悲傷時甚至會流下眼淚，其實聽眾只有她一個，但媽媽表演得多麼認眞……」）；阿公則說著《三國演義》、《水滸傳》、《七俠五義》……等等忠孝節義的故事；隔鄰的收驚阿婆則在鬼影幢幢，混淆了收驚儀式的陰暗堂屋裡，講「神仙鬼怪故事」（「……虎姑婆、《白蛇傳》、目蓮救母遊地府、七仙女、《聊齋》、《西遊記》，天庭上的神仙個個她都如數家珍說得活靈活現……」）。作者近乎自我剖白地感傷：「如果事情一直平順地走下去，她會變成一個怎樣的女孩呢？……或許不會變成一個作家吧！……如果不是欠了那麼多債，如果媽媽沒有離開，如果不是一個接一個無法停止的錯誤……」迷途與暴亂。一切變貌與自我逃逸的起始。

如果說，陳雪前此的作品，《惡女書》作爲九〇年代女同文學經典之一，展演了洪凌引依利沙白・葛洛蕬(Elizabeth Grosz)論文〈重新形塑女同性戀慾望〉中所說：「慾望正是兩個（或多個）主體彼此玩弄，隨時互換位置，加入對方的身體表面，加以挑逗(seduce)、擬仿(simulate)，或者聚合(join or unjoin)的遊戲程序。」或如《蝴蝶的記號》，以失憶症作爲被異性戀社會壓制、摧毀、拆散的女同性戀自己焊燒黏結過往戀情，自我僞扮自我剝奪地融入異性戀社會之「正常角色」（「好老師、好媽媽、好妻子、好女兒）之時光隧道；《惡魔的女兒》以傅柯式的激情與譫妄、醫生與病人、自我描述與聆聽的密室告解形式繁殖故事；則《橋上的小孩》，便是一種危險的、核爆之前的寧靜，那個橋，是慾望主體進入「挑逗」、「擬仿」、「聚合」的河流迷宮之前的奈何橋。它既以「前傳」形式鋪述那個「變幻莫測、美麗、奇幻」又自我回饋之陰性愛慾鏡廊和寫實主義視覺，可能在光天化日下大部分是與異性戀人際形式的接壤邊界；卻又蠻荒洶湧地交換兩種神話學奇異的「基因定序或重組」（小女孩從母親那邊聽來的童話，阿公那邊聽來的忠孝節義故事，收驚阿婆那邊聽來的神仙鬼怪；是怎麼變形成日後女作家筆下那一則則「異色」的女同志小說）；它們互相扯破撕裂，故事殘骸飄浮在這本書「從不斷累聚的陰影往下望」的縱深裡，才讓我們恍然：在那無政府主義的、虐待狂的、SM的、分崩離析的，自我意識與慾望流放、重建或轉譯成「後來的」，故事迷宮之前的時空劇場是怎麼回事。

那教人窒息的、嘩嘩不止從腔體內掏出來的敘事景觀，是陀螺打轉走馬燈一樣的，〈賣時間〉。女孩的父母，具有冒險家的夢想和天賦，他們的冒險蠻荒，便是走遍台灣北中南各處城市邊緣，我們皆可從記憶中喚出之場景：市集或夜市。那樣的場景既非城市（一夜群聚燈火輝煌人聲鼎沸的夜市，天亮後即魔術般一片空曠地）；亦非原鄉（像浮盪、漂流的吉卜賽人）。

我想到舞鶴的〈逃兵二哥〉或〈悲傷〉的結尾，夜市的漂遊場景，串接著城市書寫效力之外的另一個布景，俗穢與華麗，像人間失格的展場。女孩在畫面裡總像不在場的旁觀者。那個她記憶裡巨細靡遺的夜市場景，某部分正特寫著台灣這個移民社會的各種「關係」的縮影：義理秩序塌毀。不論西方資本主義的技術性格、法治、信用，或是社會主義的階級正義種種規範或現代性素養尚不及奠造。人與人之間的（經濟）關係行為，隨生物自主法則地湊擠成一種近距離的、貼身肉搏的、既割喉競爭又相濡以沫的「壅塞與暴亂」。遠景的素描是這樣：

「女孩的父母在這條路上營生，從賣盜版錄音帶跑警察的流動攤販，後來轉賣過工廠倒閉廉價收購來的布鞋球鞋網球拍，賣過各式各樣四處找來的倒店貨，最後開始租一個固定地點賣女裝。……一開始在父親自己拼裝的三輪車後的平台上擺放堆積幾公尺高的衣服，女孩經常被淹沒在衣服裡假裝自己在游泳……」

近距離的特寫則是在那加速時間的暴亂中，永遠臉孔張皇的一家人。王文興的《家變》裡那種陰影蟄伏、慢速壞毀的家庭架構的拆毀，在這裡像是柏青哥檯子裡嘩嘩亂竄的小鋼珠。女孩的家人們在這種四處趕集、無固定攤位、低價大量批發的各種女裝、聲嘶力竭的叫賣吆喝中扭曲變貌，不成人形。人潮聚攏時，前一分鐘還病懨懨、打瞌睡的媽媽，「……就像充了電、吃了猛藥，渾身是勁，……轉眼間好像成了舞台上的大明星，說學逗唱，丰姿萬千，跟每個客人說說笑笑，站在板登上對著路過的人群喊話，……媽媽操弄著語言讓這熾熱的場面不斷加溫……」。這個母親像一個街頭即興劇女演員在懵懂的女兒眼前展示了一個淒迷又強悍的女性形象：除了童年的枕邊故事說書人之外，女人可以是一個任意入戲或出戲、身分變換，以和那個野蠻暴亂的貼身世界打交道的演員。但這位母親之後卻也扮演了「離棄者」的角色。

「……媽媽離開之後許多事就開始混亂起來，彷彿記得，但無法依照時序說個明白……」母親離家出走，女孩（她是長女）在某種意義上暫代頂替了這個歪斜家庭劇場的母親角色：「家」的空間形式上，她帶著弟弟妹妹，睡在爸爸賣衣服做生意用的三輪車後面的鐵製車斗裡，「……爸爸是駕駛，坐在摩托車上，頭頂上還有塑膠遮雨棚，他們三個則是躺在裝滿了貨物的平台上頭……」似乎剩下不全的這一家人，仍繼續偎靠在一浮晃移動的狀態下，和那個人聲鼎沸，暴亂如洪潮的市集世界周旋。但是在這個母親不在的時刻，父親成爲一個更荒謬且恍惚變形的獸。小說中的某些段落寫得隱晦但讓人想駭異狂叫。(「有時候她覺得自己瘋了。無法明白的事情，說不出口的困惑，女孩躲進自己的幻想裡度過每個混亂的時刻。」)有一段寫到父親有一次牽著三個孩子擠到「骨董拍賣會」(「不如說是雜物百貨大拍賣，從玉珮、珠珠項鍊、瑪瑙、翡翠、關公像、武士刀、水晶燈、八駿馬木雕到檯燈、電話、電視機，有時候還會有腳踏車、摩托車、水族箱、長褲短褲内衣口罩，什麼都有……」)，在不知道裡面是什麼東西的情況下，喊價批了一箱東西回家：

「不知道箱子裡是什麼呢？女孩不好奇，回到家洗過澡趕著在客廳做功課。好睏，明天月考一定考不好了，女孩很著急，一抬頭看見爸爸站在前面，表情很怪異，『來，你來看一下這個。』女孩不情願地走過去，爸爸用剪刀拆開紙箱上的膠帶，箱子裡紅紅白白的不知道是什麼東西，爸爸伸手進去箱子裡摸索，拿出了一套紅色的胸罩，原來，爸爸用八百元買回了一箱女用内衣褲。

『來，妹妹過來，你試穿一下這個。』爸爸的眼睛發光好像一只燒紅的木炭。

「『不要，明天我要月考了。』女孩大叫了起來。」

這一幕「箱裡的造景」，從莫名的滑稽荒誕處境開始，卻驟轉成教人眼瞎目盲的殘虐與哀傷。從混亂難辨人臉的市集場景，到母親離家秩序崩壞的家，最後進入閉室照見一個被世界摧毀、傷害的男人，在那個陰暗房間裡像動物一般傷害自己的女兒。陳雪這個小說在搓弄抽絲著「人」的傷害形貌和關係的蛛網裂紋，其暴烈，其溫柔，其直視幽黯光源處最親愛之人的醜形，後面那時光迢迢難修補受戕卻找尋寬諒可能的世故，讀得我雞皮疙瘩直冒不由得不動容。

這種在「市場裡時時都瀰漫著各種刺鼻的氣味」（腐敗的蔬果、魚肉的腥羶、雞屎鴨糞的臭味、鹹水鴨、滷豬腳這類的熟食氣味更是繁雜）。日夜顛倒的急促趕集時間感。「缺錢、欠債、賺錢、還債，這就是人生的眞相」流沙蜃影上搭建的「家族遊戲」……所構建起來的「心靈史」，確實讓人想到匈牙利女作家雅歌塔·克里斯多夫(Agota Kristof)的小說《惡童日記》，那一對混聲敘事卻時時充滿內在暴力與分裂的雙胞胎，他們互相傷害，以抑斂不帶情感的簡單文體記日記，而那一切只是爲了「練習」怎樣在這個更殘虐涼薄的成人世界存活。陳雪的這本《橋上的孩子》確實摺疊混合了這樣畸零怪異的早衰世故與童話氣味。一方面因爲那夜市或菜市場的流動街景和交接者眾，使她調換各種瞳距觀照人物時近乎無偏見。那一部分的溫柔與慈悲令我類想到男性作家的「惡漢」舞鶴與「迌迌」李永平。譬如她寫到她曾在一間色情KTV裡打工做會計，和店裡的小姐、拉皮條少年那充滿人情味與喜感的關係（雖然囿限於這本書不自覺的自傳情感，這些段落可惜略急促而潦草）；又或者像她寫到女孩帶著弟妹搭公車到台中找媽媽：

「……該如何搭公車，要怎麼換車，在哪個路口等，曲曲折折的轉車、找路、問路才能到達媽媽的住處，好不容易才弄清楚該怎麼找，下一次媽媽已經要搬家了。幾年來媽媽總是在搬家，一會兒是高級大廈，一下子是老舊的公寓，有時候是簡陋的旅館，有時是俗艷的賓館，固定的室友有三個阿姨，其他來來去去的則不一定，女孩不知道媽媽到底做什麼工作……」女孩覺得自己有兩個媽媽，一個始終在夜市裡辛勤地叫賣衣裳，另一個，「……在台中媽媽居住的地方，她像電視上才會出現的女明星，吹燙得蓬鬆捲捲長長的頭髮有時是紅褐色，有時是金黃色的，穿著時髦漂亮的衣服，臉上塗抹著胭脂眼影口紅，蹬著高跟鞋，美艷極了。有錢的時候媽媽慷慨極了，把三個孩子都打扮成小王子小公主……」

變貌。變形。或是鄉愁地掇拾碎片想重回那鏡像主體最初時刻的「完整」想像態。（作者的意圖或是召喚「橋上的孩子」童話彼端的那些封閉完足的枕邊故事或神怪故事）。

這些在小說裡其實皆像凹扁的鋁罐塞在經濟關係之中的，各個人物的不幸變形，作者卻在〈後記〉中賦格成「……時間會切割我的身體在它裡面挖鑿出無數個小小的房間」，她用愛情誘騙每一個房間的女人或一些男人的故事。魔術一瞬，陳雪又變成那個《惡女書》的奇幻說故事人在說話。但我心裡卻懷疑不是那麼回事，如我直言，我覺得「橋上的孩子」的傷痕童話其實未必難寫，但回到黃仁宇的「關係」——死生、愛慾、經濟——這本書追憶的那個「市集的孩子」，才眞是難寫，眞是難。

之一

橋上的孩子

忙碌而嘈雜的鬧市裡，一手拿著紅白塑膠袋一手拚命把客人遞過來的貨物包裝起來，一手收錢一手找錢，時而跟客人討價還價，時而留心有沒有人趁亂偷東西，還要注意遠方有沒有警察來取締的買賣過程裡，女孩很小就學會了將自己隨時抽離所處環境的本事。她有時跳躍進人群裡化身成那些青春洋溢衣著漂亮的女孩彷彿是她在逛街買東西，有時她混進和樂的家庭裡變成爸爸媽媽牽著抱著的小孩，興致勃勃地要買這買那吃著冰棒糖果不斷地撒嬌，有時她遠遠逃離這紛亂的鬧市進入一個非常安靜廣大的神祕古堡，在那兒她成為憂鬱而孤獨的公主在等待騎著白馬前來營救的王子，有時她是隻輕快伶俐的小鳥飛入森林唱歌跳舞，有時又成為海裡遨遊的小魚，她飛升到這橋的上方接近天空盤腿坐在雲端向下俯瞰，可以將她腳下的世界看得非常清楚。這橋不到兩百公尺的長度，連接著兩個熱鬧的街道。

因為橋上都蓋滿木造違章建築，得繞到這些屋子後頭才看得到橋下的河水，她很喜歡趁著買東西的空檔偷偷溜進這些在她眼中看來非常不可思議地從河中伸出幾根大木頭支柱撐起、好像水裡長出的蘑菇之類的屋子。她認識幾個孩子就住在這種房屋裡，清一色的這些屋子都非常簡陋，大大小小的合板拼拼湊湊地隔成房間客廳廚房廁所，一大家子就擠在這屋裡，骯髒腥臭的氣味從河水飄進屋內，家裡的廢水垃圾穢物也是直接排進河裡，經常可以看見男人或是小男孩打開後門拉下褲襠拉鍊掏出性器對著河水撒尿。因為兩岸被這樣的屋子占滿，於是這幾乎不是一座橋而只是這條街道中間比較狹窄的部分，那個時候豐原的鬧區還未因麥當勞的進駐而轉移到中正路，而是分散在三民路、廟東、復興路這幾個區塊，她跟父母所營生的攤子就是復興路這兒，橋邊有條「竹筒巷」非常著名，竹筒巷裡賣著南北雜貨、糖果零食、衣服鞋襪，店面都非常小，一條幾百公尺的狹小巷子擠了上百家小店，年節時客人多到常有人被擠得大呼小叫，她常被父母差遣到這兒來換零錢買東西，那充滿了各種食物什貨的狹窄巷弄總是給人一種難以言喻的神祕氛圍。竹筒巷在她高一暑假被一把無名大火全部燒毀，現在變成公有停車場，連帶旁邊她經常推小車去賣東西的菜市場，一併都被徵收了。

女孩的父母在這條路上營生，從賣盜版錄音帶跑警察的流動攤販，後來轉賣過工廠倒閉廉價收購來的布鞋球鞋網球拍，賣過各式各樣四處找來的倒店貨，最後開始租一個固定地點賣女裝。那個地方原本是隔壁舶來品店旁邊的車庫門口，一開始在父親自己拼裝的三輪車後的平台上擺放堆積幾公尺高的衣服，女孩經常被淹沒在衣服裡假裝自己在游泳，後來車子平台不夠大，就用鐵架鋪上幾張三合板做成更大的台子，讓客人可以圍繞著這平台挑選衣服，女孩跟父母都站在台上俯視著洶湧的人潮，之後房東拆掉車庫蓋了簡陋的鐵皮屋出租，他們就跟另一個賣皮鞋的伯伯合租了那小店。雖說是店面，但因爲非常簡陋只能算是有加蓋的攤販，他們的攤子以廉價的衣服，微薄的利潤，加上比常人更瘋狂的買賣方式聞名這夜市，他們稱作「武場」，得扯著嗓子大聲叫賣，像拍賣大會似的，他們的攤子生意非常好，幾年後房東將鐵皮屋改建成正式的店面，其實還是鐵皮屋，但店面加高加大，房租立刻翻了幾倍。

小學跟國中時期，因爲長期的叫賣吆喝女孩經常都啞著嗓子，人們都忘記她原本的聲音是什麼了，因此女孩無法參加合唱團，其實女孩的聲音非常好聽，唱歌說話都該是甜美動人的，但那已經是只有夢裡才會出現的聲音了。

女孩的喉嚨發不出她想像中的聲音但她的腦中自有一個世界，在那個世界裡女孩不需要日以繼夜不斷地吆喝「一件一百」、「三件兩百」，女孩纖細的手指在空中書畫舞動，無形的字跡，無聲的歌曲，女孩很小就知道如何使自己脫離這所在的世界，那時她還不是一個小說家，但已經顯現出那姿態，女孩的腦中充滿了故事，想像與虛構是她存活下來的方式。

那天特別長。推著行李車穿過人潮洶湧的機場大廳，到馬航櫃檯託運行李確認機位，手續都辦好之後是二十三日傍晚，跟前來送行的朋友一起吃過漢堡聊天笑鬧，八點四十分進入候機室，隨著中途轉機的、跟我一樣從中正機場起飛的各種國籍種族膚色年齡的乘客魚貫穿過封閉狹長的空橋，進入飛機內裡，然後九點三十分飛機開始運轉滑行升空，在昏睡與發呆的中間吃過兩頓乏味的飛機餐，吞了胃藥、鎭定劑，喝過紅酒，看了幾部電影片段，昏迷幾小時作了幾個時空交錯的夢，醒來後喝了咖啡、果汁，跟鄰座的馬來西亞女孩簡短地聊天，拿出背包裡的小說隨意翻閱，十幾個小時的飛行裡我不知道多少次起來到走道上閒晃。經過十幾個小時的飛行飛機終於降落，空橋故障，耽誤了一些時候才下飛機，忐忑地過海關，然後再推著行李車到入境大廳，沒有帶手錶也不知道經過了多久，還沒看到天空，分不清時序的變換，身上只有薄薄的格子布連身背心裙感覺到冷，我推著行李車上坡道，聽見一個熟悉的聲音，「小東西，我在這兒呢！」

我抬起頭就看到你了。

似乎比記憶中縮小了一號的你，你在信裡說自己瘦了好幾公斤，白底藍色細條紋襯衫深藍色長褲球鞋，頭髮理得短短的，遠遠就可以看得到你靦腆的笑容，眞的是你，與我記憶裡的那人依然相仿。

還是二十三日，還是傍晚，當然是因爲時差的緣故，但我卻覺得彷彿是作了一場夢，還在夢裡就看見你了。上了你的車，一路奔馳，沿途我不斷握著你的手，太多話來不及說只有不停地笑，馬路上疾駛的車輛伴隨著逐漸下降的氣溫，突然聽見收音機裡播報著，「現在是洛杉磯時間下午六點半。」華人電台主持人說著標準的普通話，我在心裡默念一遍，然後就笑了。

原來我不在台灣，我在洛杉磯呢！這是當然的，只是沒有意識到這中間時空的轉換，環顧四周，高速公路上的路標都是英文字沒錯，旁邊汽車裡的駕駛幾乎都是白人。我按下一個按鍵，傳送，每天我都是這樣將電子郵件傳到你那兒，你幾乎也立刻就收到那些信件，然後我的電話鈴聲響起，你的聲音清晰地傳來，我們存在的是這樣一個世界，雖然相隔千里，卻彷彿聲息相聞，只要按下一個按鍵就可以將我輸送到你身邊。

我們斷斷續續說著話，你說帶我去吃飯，我才吃過早餐現在竟要吃晚餐了。然後你又表演單手開車，一手緊緊握住我，好像是剛要離開那天跟你一起到學校去的路上，爲了擦拭我臉上的淚水，你忙碌地用左手一下轉方向盤一下排檔，空出的右手一下子撫摸我的臉一下子握我的手，其實我根本沒有離開對吧！從那天開車到學校的路上我哭了之後你就把車掉頭回家，在路上看見許多車輛跟我們相背遠離，然後就到了此時，我們要一起去吃晚餐，中間這幾個月彷彿並不存在。許多個白天黑夜我抱著貓咪一字一句在那兒敲打鍵盤寫下給你的信件，幾百封電子郵件，你笑說如雪片飛來如大水滔滔的我的信，按著滑鼠左鍵就可以快速瀏覽也可以全部取消的，那些過程，彷彿都消失了。那些黑夜白天，兩地相隔，八個小時的時差，仔細換算著時間，你是晚上十二點就是我這邊的下午四點鐘，不知道該說晚安還是早安，你總弄不清我吃飯了沒，我幾乎是要跟你說過電話才開始我的一天，錯亂的時間，紛沓的記憶，消失在你熟悉的舉動裡。

我既不是在台灣也沒有在洛杉磯，我既不曾搭上飛機也就沒有下了飛機，不只是因為時差的緣故我總是覺得恍惚，當時我遺留了什麼在你的屋裡，此刻我又忘卻了什麼在台灣的機場，來去之間，意識不斷膨脹濃縮，你忽遠忽近忽而消失忽而出現，出境大廳與入境大廳，城市與城市、機場與機場、行李車與行李車，護照與簽證，二十三日並非以情節串成也不照時間鋪排，而是以相同符號不同文字的物件跟順序相反的動作剪接拼貼而成。

夢境現實已沒有界線，時間或加或減、延長或縮短，我乘著飛機到達你所在的城市，那一天非常漫長也無比簡約。

就著床邊昏暗落地燈的微光你撫摸著我的臉，被褥裡瀰漫著我們的氣味，你說：「好像很熟悉但是不知道你，等待了那麼久讓我驚慌，快說點什麼讓我進入你的世界。」

熟悉又陌生，對於世界我一直都是這樣的感覺，即使在你面前也是如此，寫了那麼多信講了那麼多電話，其實我們根本不熟對吧！我大概也不會跟誰真正地熟悉起來。對你來說我只是個小女孩，沒辦法想像我如何寫出那些離奇的故事，旁人無論從哪個角度看我都是個奇怪的女孩，蒼老的靈魂裝在孩童的身體裡，三十歲的我應該算是女人了，但親密的時候情人都把我當成一個孩子。你也是這樣看我的，喊我小妹妹、小東西，彷彿我真只是個孩子，那我就來說說橋上孩子的故事吧！在這個重逢的夜晚，說一個故事讓這幾個月的空白顯得不那麼可怕，這是個說故事的夜晚，不說那些寫在書本裡讓人揣想我的性傾向政治態度私生活的奇情小說，說說我自己，我說你聽聽。

是十歲吧！或者更小，那時爸媽在豐原復興路的橋邊擺攤賣錄音帶。當然大多是盜版的，還沒有雷射唱片只有卡帶，卡帶分成大小兩種，大的那種幾乎跟錄影帶一般大小現在已經看不到了，小的當然就是現在我們還買得到的普通錄音帶。我們用鐵架當支柱搭起架子上頭鋪著木板大概兩公尺長一公尺寬，木板上整齊鋪著塑膠布上頭堆堆疊疊擺了數不清的各式錄音帶，媽媽總是細心地把最暢銷的、她自己喜歡的、剛上市的分門別類排好放在顯眼的地方，爸爸則是任由帶子亂成一團心想反正待會客人還不是會翻亂。在一座橋的兩端，爸爸在左手邊，媽媽在右手邊，各自擺著攤子，他們的攤子特色不同做生意的風格也是兩樣，中間隔著兩百公尺距離，剛好可以收攬來自兩端的人潮，一個不放過。那時民國七十年左右，經濟正在起飛，生意好做極了，我的工作是推著塑膠小推車在橋上來回跑，幫忙補貨招呼客人跑腿打雜順便吆喝叫賣，爸爸說：「去跟媽媽拿十捲某某的帶子。」我就往右手邊跑，氣喘吁吁地來到媽媽這邊，趕快把帶子裝到車裡，媽媽又說：「去跟爸爸換零錢，十元五十元的都要，順便買杯冬瓜茶給爸爸喝回來幫我帶碗米粉湯。」於是我又飛快地推著獨輪小車跑向左邊。

客人一多，把攤子圍得水洩不通，我個子小要擠進這人潮裡總得費幾番工夫，尤其是手上又捧著一大杯冬瓜茶人一擠就怕茶給打翻了。我還得小心看著免得有人趁亂偷東西，一雙眼睛滴溜溜地拚命睜得又大又亮，有時得手腳伶俐地衝進衝出幫忙找錢包裝什麼的，最怕是有警察來了，我得先幫靠近警察這頭的攤子收拾了，然後趕快跑著過去喊另一頭的人：「警察來了。」沿路我這樣大叫，橋上賣各種衣服雜貨水果蔬菜小吃的人像遇到打劫的強盜似地聞風喪膽各自吆喝著趕緊收攤，聰明的客人會趁這時候殺價，總會殺到好低的價錢。更壞的是趁這時候拿了東西就跑的人，有時候我會幫其他人去追這種賴帳的歹客，追上了一把抓住那人衣服大叫：「付錢，拿了東西不付錢，小偷！」我死命抓住不放，嗓子又尖又亮，眾人一圍觀，沒有一次拿不到錢。

於是我在那橋上非常出名，沿路吃吃喝喝經常都不用花錢，走到那一攤都有阿姨叔叔喜歡捏著我的小臉說我乖，不然就把我帶到他們小孩的面前誇耀：「你看人家小姊姊多乖，幫忙賺錢，而且會讀書。」要不是我經常給這些小孩糖果吃，我一定成爲大家的眼中釘。

我不怕警察不怕小偷，就怕下雨。

下雨天做不成生意，大家都發愁，更怕的是原本好天氣，生意做到半途才毫無預警地下起大雨，這時來個措手不及，人淋成落湯雞不說，好好的貨物都打濕，錄音帶這東西一淋雨就完了，雖然第二天我們總會把帶子攤在頂樓陽台上曬，問題是，雖然可以聽，但是包裝上的廣告紙一遇水都褪色腫脹根本不成樣子，那些帶子只能賤價出清，甚至免費送人。

一連幾天都下雨，爸媽就吵架了。這種事這條街上每戶人家都會發生，可是我們家特別嚴重，因爲家裡背著債務，做不成生意，付不出利息，債主就會追到家裡要錢，村子裡大家就會議論紛紛指指點點，讓人情緒怎樣都好不起來。我很小的時候就養成看天吃飯看天臉色的習慣，放暑假大家都樂，可是我一點也不快活，暑假颱風多，颱完颱風就下大雨，不然就是陰雨綿綿十幾天不停，我每天望著天發呆，哪兒都去不了，面對著比天氣還要陰沉的父母的臉，我只覺莫名地心慌。

我也怕過年，過年生意好，鈔票像大水一樣滾進來，爸媽腰前的布袋子裡塞得鼓鼓漲漲好多鈔票，可是太忙，忙得沒時間吃飯睡覺，我跑得兩腿發痠，嗓子都喊啞了。大人好奇怪，生意不好發愁，生意太好發脾氣，有時忙不過來爸媽也吵架，隔著兩百公尺距離也能吵，媽怪爸什麼貨少補了客人都買不到，爸怪媽老是挑些自己喜歡聽的也賣不出去錢少賺了多少，有時怪來怪去就怪我年紀小不能獨自在街的另一頭擺攤別人在那兒生意可好把我們客人搶走好多。雖然這些話都是靠我當傳聲筒，我也技巧性地盡量不傳些情緒化的字眼，但到後來挨罵的大多是我。

我們家從來不開伙，天天吃自助餐麵攤，有時超過吃飯時間根本找不到吃的，隨便買點餅乾麵包就打發了。我自小嘴刁難養，這麼三餐不定的搞得更是面黃肌瘦，所以我這體質到了成年還是小孩子樣，半點沒女人味就是個發育不完全的黃毛丫頭。

「既然從那麼小就開始做生意賺錢，怎麼你到現在還是一點現實感也沒有？」你問我。

聽到「現實感」這三個字我幾乎要笑出聲來，你聽我說這橋上孩子的故事聽得好入神，眉頭緊蹙好像眞地看見那孩子瘦伶伶的身子怎樣在人群裡穿進穿出的，讓人不知是心疼還是愛憐。

或許是因爲很小就得爲生活奔波，看盡人世艱難險惡，反而讓我對金錢財富有種生理性的排斥，我當然也不是不知道錢的重要，但實際上我所做的每件事幾乎都是跟錢過不去的。

更小的時候我很快樂。爸爸在三伯家的木器工廠當木匠，媽媽則在附近工廠幫人煮飯，在家時就是做各種加工，車衣服縫雨傘做梳子反正什麼都可以做，那個時代我們村子家家戶戶都在做這些加工，我還沒上小學就會幫忙了，那時候也是窮，但是還有生活。後來我國小三年級不知道因爲什麼原因我們家欠下非常龐大的債務，之後全家人爲了還債做了一切努力，媽媽獨自到台中去上班，假日會回來幫忙做生意，爸爸帶著我們三姊弟住神岡鄉下，攤子設在豐原，就這麼神岡豐原兩地跑，我們三個孩子也是跟著父母做生意的場子四處奔波，有很長的時間我們完全沒有家庭生活可言。因爲隨時都可能颳風下雨不能做生意，只要可以開張就要盡可能地賺錢，所以爸媽從來不休假，每天睜開眼睛就是賺錢，書也沒辦法認眞念，星期六日、每個月十號二十五號領薪水的日子我都要到夜市幫忙。要上國中那個暑假開始，我就獨自推著小車到菜市場賣東西了，我賣過好多東西，錄音帶、布鞋、雨傘、童裝、女裝，反正大人要我賣什麼我就賣。那時年紀小不懂得害羞，在市場裡沒有租攤位，我就推著小車子在路中央找個地方叫賣起來，常常讓附近的攤子主人趕來趕去，有時候我還會跟人吵架，看起來潑辣得很。最怪的是我還賣過魚，不知道爸爸去哪兒跟人批來的一大車吳郭魚，我們三個在市場裡分三處叫賣，一個早上全部賣光，剩下一些指頭般大小的帶回家，我還記得那天很難得地，爸爸用油鍋炸了那些小魚，我們全家精疲力竭地一邊吃著香酥的小魚，一邊打瞌睡，不用說，吃完了還得趕到夜市去占位置。哪天晚上賣的是一雙一百元的布鞋。

我老是在算錢，從用得髒兮兮的布袋裡把鈔票全部掏出來放在床上，一張一張依照面額分成幾堆，堆好之後拿起來攤平在手心，疊好，然後開始算，我也學大人那樣吐一口唾液在指頭上比較容易推開沾黏的紙張，很希望可以像媽媽那樣算得好快好快。其實那時候錢對我根本沒意義，因爲也沒什麼機會使用，但是我看著那些紅色綠色的紙鈔就很開心，因爲我知道這些是救命的傢伙，有越多這種東西我們就能早日脫離苦海。

因爲是跟地下錢莊借的錢，要還清談何容易。沒日沒夜那樣拚命地賣東賣西省吃儉用，付的或許只是利息吧！

那些事其實我到現在還不清楚。國三到豐原開了正式的店面之後，媽媽回來了，許多次也想鼓起勇氣跟爸媽問個明白，但或許我們的家人沒有誰願意再碰觸那段痛苦地回憶吧！他們總是巧妙地轉移話題，或者臉上浮現出「對不起我不太想談這個」的受傷表情，於是我的疑惑一直在那兒。

說到這兒的時候我的臉頰緊繃而疼痛，你或許看出來了吧！三十的我，一直沒停過工作，總是省吃儉用，到如今自己卻沒有存款。「錢都到哪裡去了呢？」我經常問我自己，「你是跟錢有仇啊！」朋友總是這麼說我，答案我當然知道，這事沒辦法跟別人解釋清楚，所謂的悲劇就是這樣吧！因爲某個時候出了重大的錯誤，至此大家都無止盡地在付出代價。我所擁有的只有一部筆記型電腦跟一些書本CD，別無其他，誰都覺得不可思議。我總是不停地搬家，經常失蹤，居無定所、朝不保夕，這種生活讓朋友都捏了一把冷汗。我的人生到底有什麼好說的呢？說不清楚，某個部分可以說明，但到了一個地方就會有不可告人的曲折，我不回答你的問題，還是繼續說故事吧！

我繼續說著，你屏氣凝神好像一個分心我就會消失。看你專心的樣子忍不住摸摸你的頭髮，「會口渴嗎？」你問我。我起身喝一杯水，仰頭咕嚕嚕喝光，「其實小時候我會做飯。」我說。「眞的嗎？改天你也做給我吃。」看你一臉狐疑的樣子。

在那個鄉下偏僻的村莊，假日就得去幫忙賣衣服，其他時候要照顧年幼的弟弟妹妹，功課生活當然都是丟三落四的。媽媽已經離家，因爲阿公阿媽的不諒解跟親戚的惡意中傷，媽媽很少回到這個村莊，時常從台中搭車回豐原跟爸爸到處做生意，有時也會在深夜裡溜回家裡探望我跟弟弟妹妹，但大部分的時候，爸媽三天兩頭不在家住，有時忙起來半個月沒回家也是常有的事，於是我得負起照顧弟妹的責任，好奇怪那時候我竟會煮飯做菜給他們吃。說到這兒你笑了，一定想像不出我做的飯菜是什麼滋味吧！不過那時不同，我不做飯要弟妹吃什麼呢？爲了生存，我的某些能力被激發出來，每天傍晚會有菜販開著三輪車到各個村莊來，我就等著，聽到「賣菜啊！」的叫喚聲，趕緊跑到村口等，跟一大群婦人歐巴桑一起圍著那菜車挑挑選選，老實說我會做的就是那幾樣，炒幾個雞蛋、胡亂切點碎肉炒青菜，就是一頓飯，有時沒錢，頓頓吃醬油蛋炒飯也是過日子，弟弟妹妹也乖，我做什麼亂七八糟的東西他們都吃得很香。不過那時候三個小孩都是面色蒼黃瘦弱不堪，有時住隔壁的阿媽阿公看不過去，會端幾盤魚肉來敲門，有時眞的沒錢了我就帶著弟妹搭公車四處去找爸爸媽媽要，那時候就可以到夜市菜市場大吃一頓，媽媽也會買新衣服給我們。

記憶中曾經出過差錯，爸爸很久沒有回家，而我身上的錢用光了，姊弟三人餓了好幾天，阿媽拿了一些飯菜來敲門，嘮叨地說了幾句抱怨我媽的話，還是那樣地把一切責任都推到我媽媽身上，說她把錢都拐回娘家，說她是個狐狸精不知跑到哪兒去風流快活了。「事情不是你想的那樣！」我大叫著，跟阿媽吵了起來，不知道是因爲好強還是什麼，我突然一氣之下把那飯菜都扔了，弟弟因爲肚子餓一直哭鬧著，我望著地上散落的食物，後悔不已。

那夜，飢腸轆轆。

無比漫長。

「然後呢？」你問我，我突然說不下去了，搖搖頭想驅散其中讓我疼痛的記憶，畫面消失，那個孩子離開了。

「我好餓。」攬住你的頸子吻了你，四下靜悄，我的肚子發出好大的聲響，「做飯給你吃。」你掙扎著起身。我說：「開始喜歡你就是因爲你做的菜好吃。」

「把你養胖一點。」你說。

初識的時候，是我自己主動要到你的屋子裡住。第二天早上起來你已經在廚房忙了，說要做早餐給我吃，番茄炒蛋夾進墨西哥捲餅裡，第三天早上你做番薯稀飯，多久沒有吃到這種稀飯了，好懷念。來這幾天你都沒辦法做事了，我這糟糕的客人把主人弄得這般忙碌。

你在一旁做飯，我在餐桌看書，靜靜的晨光裡，你正在煎荷包蛋，兩隻小狗跑到我腳邊摩蹭著想要東西吃，熬好的稀飯在餐桌上散發番薯的暖香，你跟我說著早上看見電子報裡台灣的消息，義憤塡膺地在那兒評論時事，我笑說你這人怎麼那麼激進啊！話沒說完，突然我覺得跟你好熟悉，好像我已經在這屋裡生活了很久，其實認識你才不過幾天的時間，而我一向是最畏懼跟人親密的，我正轉動著這念頭，你忽地回頭看了我，然後我走到你身後抱住你，「好奇怪。」我說。「怎麼了？」你問我。

「覺得好像跟你一起生活很久了。」我輕聲地說，自己都覺得羞澀。

「剛剛我也有這種感覺。好像長久以來每天早晨我們都是這樣度過的，你在一旁看書，我在這兒做早飯。」你翻動著鍋鏟，臉貼在你的背上，隔著厚厚的毛衣傳來你的聲音，聽不眞實，那只是錯覺吧！我們突然安靜了下來，鍋子裡的雞蛋在熱油裡滋滋響動，好像聽得見你的心跳，或許是我吞嚥口水的聲音。一切聲響都逐漸消融在爐火中。

吃完早飯坐在後院的藤椅上曬太陽，抽菸，一隻松鼠從面前跑過，突然停住，兩隻前腳在地上撥弄著什麼，原來是夾著一根小狗啃剩的骨頭，高興地抱著那骨頭一溜煙跑了，「你看那松鼠好好玩！」我興奮地叫著。你正在晾衣服，回頭看我，「那隻叫做威利，是我養的。」一聽就知道你瞎掰的，可我也不管，看見松鼠我還是挺樂的。小時候我們屋後收驚阿婆家的木瓜樹長到我家二樓的窗前不遠，有次我發現裡面有隻松鼠把木瓜咬空了在裡頭，好幾天牠都在那兒啃著那顆木瓜，之後木瓜掉下來了，只剩下個空殼，裡面的果肉吃得一乾二淨，不知道你的松鼠有沒有這種本事。

你把衣服毛巾都晾好，拉長水管開水龍頭幫花草樹木澆水，早上九點鐘，以前這時間我還在床上睡著，好奇怪此時我精神眞好，之前嚴重的時差睡飽這兩天就好了。

「這裡好安靜。」我說。

「弄台電腦就適合讓你寫作。清爽、安靜、獨立，沒有人會來打擾你。」你說，走到我身旁坐下，攬著我的肩膀。我就靠著你，懶洋洋地說話，難得溫暖的早晨，更難得是我還精神飽滿，靠著你，心情整個鬆弛。「我快瞌睡了，你說故事給我聽。」我說，鼻子在你的手臂上蹭，好舒服。

「你知道我最不會講話。」你爽朗地笑了。你不知道，在前幾天那個派對上認識你，就是你爽朗的笑聲吸引了我，你還笑，眞想把你推到地板上，把你剝光，吃了。

「爲什麼你那麼會做菜?」我問，問答題總會吧！其實不應該說話，但這時的氣氛，我們也太過親密了，這樣的距離我怕自己會沉醉。要你說點什麼來分散我的注意力，否則我就會愛上你了。

「一個人生活久了，當然什麼都會。」你說，大大的手放在我的膝蓋上，揉搓著、輕撫著，「我國小一年級離開父母到遠方去讀書，住爺爺奶奶家，他們都忙，沒時間理會我，我自己做飯吃，自己讀書、上學，慢慢就會了啊！」你輕淡地說著，想來應該也是個孤單的孩子，沒經過許多坎坷怎會成爲現在的你，但你不說自己，要聽我的故事，「以後有時間會慢慢告訴你我的事，我們還有很多時間可以說。」我把頭埋在你的胸前，忍著不讓眼淚掉下來，怎麼會有很多時間?我不確定，再過幾天我就要回台灣了，這一別，或許是永遠了。

「其實我們早是舊識，在前來赴約的路上耽誤了時間現在才相遇。」

「我們手裡握有打開對方封閉心靈的鑰匙，是用我們一生的坎坷打造的。」日後，在我離開後，你這樣寫著，在那些隨時都可以取消的信件裡。

或許是因爲這些話才讓我又飛到這兒。

兩個月之後我又回到這屋子，你依然忙碌著給我做吃食，黑暗裡，隱約傳來你在廚房煮食的聲響，飯菜的香味，不難想像那有多麼可口，但我沒有動作，動彈不得。時間回到久遠久遠以前，這兒到底是哪裡？你是誰呢？我都弄不清楚了。

那天是除夕夜，他們沒有年夜飯吃，爸媽也沒有回家，三個孩子守著電視猛看，喧鬧的綜藝節目裡人人看來都那麼歡樂，孩子們望著電視彷彿這樣就可以進入那節慶的喜樂中，女孩把炒飯弄糊了，沒什麼，再炒一盤就是，誰說過年就要吃火鍋？煮火鍋也不難，女孩心想，多買一些魚肉蔬菜統統丟進鍋裡煮熟就行，電視開得震天響，屋子裡卻安靜得出奇，幾乎聽得見孩子們怦怦的心跳，有什麼被期待著而不敢說出口。

弟弟總是天眞地堅持要守歲，要姊姊如果他不小心睡著一定要記得喊醒他，女孩張望著外頭，鞭炮聲四下響起。她不知道過年到底有什麼意義，那些歡樂團圓的景象不屬於他們，但弟弟總是等待著有紅包，「初三爸媽就回來了。」女孩安慰他，或許不是初三而是初四，誰知道呢？過年生意那麼好怎麼捨得休息，發點紅包算什麼，賺了大錢要買什麼東西都有，爸媽只是沒時間回家而已。除夕夜他們到底吃了什麼？沒印象，只記得阿公阿媽來找，要他們一起到大伯家吃晚飯，但是他們怎麼可以去那些輕視她父母的人家裡吃飯？她厭惡這些可怕的親戚，厭惡他們看似親切的笑臉底下無法隱藏的敵意與輕蔑，她記得家裡出事的時候，他們是如何地別過頭去，如何地在往後的每一個可以逮到的機會裡欺負年幼的弟妹，如何在她上學的小鎮街上散布著關於她家的流言，如何用可怕的語句糟蹋她可憐的媽媽。

女孩總是搞不清楚時間順序，媽媽是什麼時候離開的？那個等不到爸媽回家的除夕夜到底是什麼時候？哪一年的農曆年爸媽要他們獨自在家？哪一年他們一起到了復興路的店裡？哪一年他們在嘉義的大型夜市？搞不清楚了，國三搬到復興路開了服飾店之後一切才都明朗清晰起來，從國小三年級到國三這幾年發生的許多混亂可怕的事，好像自從搬到豐原，媽媽終於回家了，那些年的歲月被一筆抹去，杳無痕跡，無人可以對質，他們從來不談起這些事，有時女孩懷疑那些事根本不曾發生。

他們確實欠下龐大債務，家裡的物品也曾在一夜之間都被貼上封條，許多討債的人上門，阿公阿媽叔叔伯伯圍著爸爸大聲叫嚷，媽媽突然間不見人影，之後的事女孩記不清楚了，爸媽無論如何都會照顧他們的，怎麼可能會把孩子忘在家裡那麼長的時間呢？或許只是因爲女孩不能吃苦才會誇大了那些辛苦的日子，或許是女孩在攤子上客人稀少百無聊賴的時刻編造了痛苦的故事，在記憶中不斷地把細節誇張重複，讓苦難不斷蔓延擴大逐漸變得無法忍受。女孩不知道，許多事她都不明白，她眞希望一切都是虛構，一切只是她個人無謂的臆測。

女孩經常到村子竹林後面的小山坡去玩，山下有一個圍繞著高大松樹的大宅院，那是一棟三層樓的西洋建築房子，院子裡停放一台黑色的大車子。裡面住著什麼人她不知道，隱約好像聽過鄰居大嬸談論那個神祕與世隔絕的屋子裡住著一個「怪人」，說那怪人原本住在城裡，不知什麼緣故搬到鄉下來，那人六十多歲也沒有妻子兒女，那麼大的宅院裡只雇了一個啞巴婆子當傭人，大人都恐嚇小孩子如果不乖就要送到那個怪人那兒去，有些小孩子聽到「怪人來了！」還會驚嚇得大哭起來。

她曾經爬到樹上偷看大宅院裡的一切，看見那個啞巴婆子拿著掃把在院子掃落葉，幾隻雞子優閒地啄食地上的米粒，沒看見那怪人，幾次被啞巴婆子發現她在樹上曾經咿咿呀呀發出怪聲朝她揮舞掃把，她嚇得差點跌下來，連滾帶爬地跑回家去。

不知道爲什麼她總是想像著那個所謂的怪人，她似乎覺得自己可以跟那怪人一起生活，更覺得如果住到那屋子去不知有多好。

那天，不知是什麼將她帶到了那兒，她使勁地敲門，一個滿頭白髮的長者打開門迎接她，這人身形瘦高脊背微駝，巨大的傷疤占據了半張臉，穿著乾淨潔白的衣褲，看起來應該是個老人，但卻沒有老人的氣味，應該是醜惡的面容反讓女孩覺得親近。

「妹妹怎麼了？」那人說話，她開始哭了起來。

之後無數次她敲響那宅院的大門，推開，迎面而來的都是那溫暖的懷抱。

她叫那人爺爺。

爺屋裡有很多書本，有一架老舊的唱機和數不清的唱片，客廳裡還有一台鋼琴。寬敞的大客廳裡有米褐色的長毛地毯，天花板垂下幾層水晶珠子串起的大燈，有柔軟的黑皮沙發，舒服的靠墊，院子裡大榕樹下懶洋洋躺著一隻瞎眼的大狼犬。爺教她彈鋼琴、給她講故事，啞巴婆婆做的菜非常好吃。

經常，爺抽著菸斗，攤開滿地的照相簿子一本一本說給她聽，爺一定去過好多好多地方才能拍出那些厚厚的相片，婆婆會端來香熱的牛奶，煨兩個雞蛋，爺說女孩身子弱要多補充營養，一口一口餵給女孩吃，爺教女孩讀書，彈琴，帶她認識院子裡的花草樹木，給女孩聽音樂。

爺的菸斗裡呑吐出煙霧，菸草香四下彌漫，女孩光著身子趴在地毯上畫圖，爺的手指在她身上寫字，大狗在一旁打呼嚕。那時候女孩已經開始寫故事了，她用爺爺給的筆記本書畫著心裡無法對人敘述的，女孩讀書，爺爺讀女孩寫的故事，想著如何像書架上擺放的那些大書本裡記錄的許多許多，有一天，女孩知道自己終究是要寫下那些故事的人，好像一個不可能實現的夢想。然而在那個眞實裡不存在的屋子，被一個傳說中的怪人呵護著，女孩知道這裡是她想要的眞實，爺將世界隔絕在這屋子以外，女孩寧願留在這與世隔絕的屋子，她自己的家就在不遠處，但好像跟她沒有關係。其實她應該回家做飯，然後照顧弟妹洗澡，如果是假日就該等著爸媽的車子一起去夜市。但她不想離開，假想著這時其實她可以從世界消失，沒有她的存在家人依然繼續存活，她想離開那個殘酷的現實遠一點，想做一個眞正的小孩，如她想像中的孩子應該享有的童年，或者像普通人們那樣簡單快樂地生活。她害怕回到那始終嘈雜凌亂的鬧市，沒完沒了的營生，害怕回到那已經沒有媽媽的屋子，必須扮演母親的角色照顧年幼的弟妹，害怕看見辛苦操勞的父母，害怕自己因爲她所不理解的悲劇而逐漸陰暗扭曲的性格，害怕那無法停止的忙碌、嘈雜紛亂，每一件事都讓她痛苦。

像被人拯救了一般，在爺爺的屋子裡，沒有人知道她去了什麼地方，她暫時離開，那傷痛的眞實離她非常遙遠。爺的聲音聽來非常溫柔，無望而悲傷的時候，女孩經常悄悄溜到爺爺的屋子，一個小時，或者半個小時，那消失的瞬間，無人知曉她的行蹤，那是她向上天偷來的短暫時光。

「你那時候眞的到那個大屋子去了嗎?」你突然問我。

那時我們吃完東西了，來不及收拾碗盤我們又回到床鋪裡，斷續地說話，無盡地纏綿，長久的分別讓暖身的動作不斷拉長。

「後來我就逃到你這兒來了。」我說。第一次走進你的屋子就覺得好熟悉，有什麼抓住了我，分別之後我又千方百計地回來。

「其實我就是那個爺爺。」你撫弄著我。

沒有，許多事都不存在。

這個故事你其實聽不懂吧!我自己都說不清楚，到底媽媽是什麼時候離開的?爲什麼非走不可?媽媽離開之後許多事就開始混亂起來，彷佛記得，但無法依照時序說個明白。每次到豐原去就可以看見媽媽，好像媽媽其實並未離開，那幾年到底是怎麼過的?清楚地記得每次做生意的畫面，記得媽媽站在板凳上大聲叫賣的聲音，她生動的樣子。但我更深刻記得的其實都是孤單，勉力扮演著不適合的角色，強迫自己變成大人的樣子，爲的是讓爸媽放心，讓弟妹有個依靠。其實我感覺到的只有無法停止的痛楚，爲了讓痛楚稍微平息，我逐漸地忘卻了許多我不想記得的事。

我是喜歡上你屋子裡老是瀰漫不去安靜孤獨的氣味吧！你不是我的世界裡的人所以我才來到你身旁，你曾在信裡寫到：「讓世界都走了吧！我只想留在你身邊陪著你。」這不是眞的這只是一個句子，像那個大宅院裡臉上有傷疤的老人，我不相信幸福，我不相信可以得救，我只是想要跟上天偷竊一個短暫的幻覺。你以爲愛我或許你愛上的是我的傷痛，好像我以爲我終於離開了其實我仍在自己的牢籠裡。

於是我又回到了這個屋子裡，經過了那麼多年我從那鬧市裡走開逐漸地變得無法適應人群，頭腦經常都是錯亂的，你無視於我那錯亂的思考跟生活方式單純地以爲我就是一個天眞無邪的孩子。你既然這樣想就一直這樣想吧！有人這樣相信著我是美好單純的我就會這樣地信任著自己。

那個橋上的孩子如何變成一個小說家呢？我自己也不知道。就像來到你身邊的日子，彷彿一轉身就會消失，從困住我的巨大生活壓力裡逃開，在精神崩潰之前買了機票飛到這裡，也就只是這樣了，把自己關在你的屋子裡好像變得安全，而這僅是一個假期，說一個故事，寫一個故事，你聽聽就好，很快我就要回去了。

「接下來呢？」你說。

在這個異國重逢的夜晚，我說起了自己的某個部分，你安靜地閉上眼睛，懷抱著搖晃著我的身體。我好像應該說得更多但是就停止了，應該纏綿的時刻，時差把我帶進一個遙遠的國度，我看見自己依然停在那個橋上，來回在兩端。然後我不說話了，故事停在一個不該停止的地方，聽的人大概也迷糊了，然後我說，「千萬不要愛上那個橋上的孩子。」

千萬不要愛上那個橋上的孩子，她所說所想的一切都是虛構跟想像的。如果她說愛你那麼她一定是在編故事。連你也是她虛構想像出來的吧！一個不斷讀著信說著電話的人，只要一個按鈕就可以全部取消。

她說，愛情如何開始就會如何消失，從橋的這端走到那端，孩子走過荒蕪走過喧鬧走過腥臭的河水走過紅白塑膠袋拎著的人群。直到有一天她開始寫作，從慌亂無奈的現實中逃脫，從不斷的買賣之間進入故事與故事裡，從一個屋子輾轉到另一個屋子，從一個人的懷抱逃離到另一個人身邊，甚至在應該戀愛的時候她都沒有停止過這逃逸的動作。

之二 一個人去看電影

黑暗中聽得見外面車輛來去的聲響，爸爸的聲音聽不清楚，弟弟小聲地在跟妹妹交談，也許講得興奮身體動個不停，頭下墊著許多包裝衣服用的透明塑膠袋做成的枕頭發出窸窸窣窣的聲音，他們三個小孩在爸爸賣衣服做生意用的三輪車後面的鐵製車斗裡。這是拼裝的三輪車，前半截是摩托車，後半截接連兩公尺長的鐵製托架鋪上木板就是簡單的車斗，爸爸是駕駛，坐在摩托車上，頭頂上還有塑膠遮雨棚，他們三個則是躺在裝滿了貨物的平台上頭，爸爸把衣服整理得很好很平整，躺起來幾乎就像是彈簧床一樣舒服。這當然是想像的，他們還沒睡過彈簧床。

冬夜裡，下了一點點雨，怕衣服打濕，怕孩子們凍壞，爸爸會用很大的帆布把整個貨架都包裹起來，孩子們就像小貓似地被封閉在這個帆布裡，不過爸爸細心地在兩側都留有透氣孔，但女孩對於這樣封閉黑暗的地方感覺非常恐懼，距離臉不到十公分的帆布在黑暗中晃動的樣子，好像要覆蓋著她的臉讓她無法呼吸幾乎窒息，她知道這是沒辦法的事，爸爸說只要存夠了錢就要去買一輛貨車，女孩明明記得家裡曾經有過貨車，不知道跑到哪兒去了。

讀小學一年級的妹妹非常靈巧，知道這樣平躺著會不舒服，拆開包裝的衣服會剩下許多許多透明塑膠袋，找一個大的塞進其他小的把袋子塞得飽滿就成了不花錢的枕頭，三個孩子一個人一個塑膠枕，膽小的弟弟躺中間，在黑暗的簡陋貨箱裡隨著三輪車起伏著，經過路上的坑洞、凹陷、不平之處還是免不了顛簸。

滴答滴答的雨聲逐漸加強，妹妹嘀咕著：「不知道爸爸在前頭會不會被雨淋濕，一定很冷吧！」女孩沒有回答妹妹的問題，只覺得恍惚，雖然在這兒不會被淋濕，但是聽著那滴答滴答女孩總覺得身體冰涼。晚上九點半就收攤了，都是因爲下雨的緣故，被帆布覆蓋住的狹小空間散發出衣服潮濕的氣味、孩子們身上的體味，以及各種不知名的臭味，弟弟故事說到一半就睡著了，一隻腿跨到女孩身上壓著。小她六歲的弟弟，才六歲大，在夜市裡不到九點就睏了，八歲的妹妹會找來比較厚實的大紙箱鋪上棉被跟衣服讓弟弟進去睡，弟弟眞乖，那時頭大身體小看起來好可愛，來買衣服的客人有些會伸手去摸他紅紅的臉頰，女孩很討厭客人這麼做，這樣會把弟弟嚇醒，而且她們還會說些什麼「好可憐啊這麼小睡在紙箱裡會不會感冒啊！」這種自以爲很有愛心的話。

天氣好的時候，回家的路上爸爸經常會停在一個地方，看人「喊骨董」。牽著三個孩子擠過層層疊疊的人群到最前面，這是骨董拍賣會，眞正的骨董很少，不如說是雜物百貨大拍賣，從玉珮、珍珠項鍊、瑪瑙、翡翠、關公像、武士刀、水晶燈、八駿馬木雕到檯燈、電話、電視機，有時候還會有腳踏車、摩托車、水族箱、長褲短褲內衣口罩，什麼都有。一個星期在這兒擺攤三天，顧攤的中年男人據說以前是電台主持人能言善道，可以把場子炒熱到幾乎沸騰起來，「來，這箱，有沒有看到，看不到裡面是什麼對不對？這樣才刺激啦！」男人拿著一尺見方的紙箱，要人們喊價。來的多半是熟客，知道箱子裡有一半的機會是值錢的東西，有時是收音機，有時是精雕細琢的民藝品，另一半的機會則是一箱尿布或衛生紙這類的廢物，但大家還是搶著出價，因爲這種時候只要喊價就會得到贈品。

「來，開始喊價。」「這位先生出價五百元，送，出價就送。」男人一招手，穿著低胸露背小禮服的女人捧著一盒東西走出來。「今天大請客，出價就送高級電話機。」「六百。」人群裡有另一個聲音喊，「八百。」喊價的是女孩的爸爸，女孩知道爸爸想要的就是那台喊價就送的電話機，「八百一次——」「八百兩次——」「八百三次。」「這位先生這箱是你的啦！」好像大家都知道那箱子裡其實空無一物似地，沒有人追著加價。

不知道箱子裡是什麼呢？女孩不好奇，回到家洗過澡趕著在客廳做功課。好睏，明天月考一定考不好了，女孩很著急，一抬頭看見爸爸站在前面，表情很怪異，「來，你來看一下這個。」女孩不情願地走過去，爸爸用剪刀拆開紙箱上的膠帶，箱子裡紅紅白白的不知道是什麼東西，爸爸伸手進去箱子裡摸索，拿出了一套紅色的胸罩，原來，爸爸用八百元買回了一箱女用內衣褲。

「來，妹妹過來，你試穿一下這個。」爸爸的眼睛發光好像一只燒紅的木炭。

「不要，明天我要月考了。」女孩大叫了起來。

奇怪怎麼會有那些事呢？想不起來了，那時候弟弟妹妹都在做什麼呢？爲什麼只有她一個人在客廳裡，許多事忘記了，後來月考考得好不好呢？女孩搖搖頭，想不眞切。

許多事物模糊而陌生，她記得的或許是在黑暗的車箱裡，在車子隨著路面起伏的搖晃中想像出來的，或許很黑暗，但是她看得見許多事情發生，彷彿看電影一樣看見身旁的景物人事。她記得父母弟妹，記得那些辛苦營生的白日黑夜，記得菜市場與夜市的紛鬧，客人的喧囂，壞天氣時大人的嘆息，貼在大門冰箱電視上的法院查封條。好像她並不參與其中，只是個觀眾，什麼都看得分明，但看不見自己。那是一齣與她無關的家庭影片，但其實每場戲都有她，她是不在現場的女主角。

有時媽媽在旁邊有時不在，在另一個地方媽媽過著什麼樣的生活她並不清楚，大人不想讓小孩子知道的事情就沒辦法知道。她記得媽媽離家之後有段時間音訊全無，然後她收到媽媽寫來的信，媽媽說有不得已的理由所以暫時要離開家，要她好好照顧弟弟妹妹，要用功讀書，笨拙的字跡寫著傷心的句子。弟弟有時會獨自走到村口去等媽媽，怎麼跟他說都說不聽，她就在一旁陪著弟弟，鄰居的小黃狗跑來跟前，就逗著小狗玩耍，等累了，弟弟坐在路邊睡著，她才背著弟弟回家。沿路鄰居會指指點點跑來跟她說話，大家都在灌輸她「你媽是個壞女人」的觀念，她努力抗拒著，但要如何抗拒其實自己並不明白的事情呢？她擔心的不是自己，而是弟弟妹妹的傷心。後來媽媽出現了，跟他們一起到夜市做生意，媽媽看起來還是那麼溫柔美麗，一點也不像親戚鄰居說的那樣可怕，媽媽還是愛護著他們，那麼辛苦拚命地在幫忙賣衣服。一定發生了很多沒辦法清楚說出來的事情，整個家庭被命運分割成許多塊不同的區域，情節交錯糾纏，但沒有線索可以拼湊出答案。

「到家了。」

好像聽見爸爸這麼說。

然後突然眼前一亮，帆布被掀開了，她的眼睛自漆黑中進入明亮突然看不清楚，但她知道到家了，不知道爲什麼她並沒有特別開心。

許多年後她聽見摩擦塑膠袋的聲音都還會聞到那潮濕黯黝的氣息。

睡夢裡被滂沱的雨聲鬧醒，凌晨五點，空氣冰涼，大片大片跌落在透明壓克力板屋簷的雨轟轟如雷，遙遠的記憶隨著奔騰的雨勢追來，現在是什麼時候呢？這兒是哪裡？

寒流來襲，大雨小雨綿延幾天不斷，電視新聞裡看見人們都在搶購羽毛衣羽毛被，不知道這時候爸媽的夜市生意是不是比較好呢？怎麼可能，時局不好，景氣衰敗，會去逛夜市的人現在大都是失業減薪的多，即使去逛了夜市也是看看而已，有錢人都去有空調的百貨公司精品店街，至少也會去家樂福大潤發之類的量販店，又濕又冷的天氣誰想去逛夜市呢？不該想起這個，習慣性的，下雨天依然使我心慌，天氣不好颳風下雨做不了生意應該就在家裡休息，我想打個電話這樣告訴爸媽，沒有用的。

「休息是爲了走更長遠的路。」從小我就經常這樣告訴他們。但眼下日子都過不了的人哪想得到長遠的路，他們依然會開車到夜市等著，只要稍微有可能擺攤他們依然會撐著好大好大的雨傘繼續擺起他們的攤子，有時風大把雨傘都吹翻了，就把雨傘扶正把吹落的衣服撿拾好，一次又一次把擋雨的帆布張開等雨停了又收起，總要等到雨勢眞的太大其他人都紛紛收攤才捨得離開，這樣幾番來回身體早就淋濕了。

「別那麼愛錢啦！」夜市裡的朋友老是笑他們夫妻，「都一把老骨頭了，還那麼拚。」爸媽總是苦笑著沒有辯駁，我們家的經濟情況從不給外人知道，因爲一直以來生意都不錯，大家都以為我們賺了很多錢。應該是如此，但卻不是這樣，爸媽年輕時辛苦地還債那許多年，到了這把年紀還這樣拚命不是為了愛錢，而是好不容易還掉的債卻因為新的投資而再度負債，一張支票軋過一張支票，每個月幾十萬的票子一個閃失就會發生當年破產的慘劇。

「那不是你的錯。」醫生這樣告訴我，但我無法確定，因果已經複雜難辨。

「你已經盡力了。」朋友這樣告訴我。

我盡力了嗎？爸爸總是想著要賺大錢，想著可以一次改變所有處境，超過自己能力地投入沒有把握的投資裡，結果只是陷入新的困境。應該阻止他們但是我做不到，也曾經妄想過只要我快點長大賺很多很多錢就可以拯救家人脫離苦海，但怎麼可能，我喜歡做的事都與賺錢無關，雖然我從小就伶牙俐齒很會賣衣服，但是我不能繼續，我所想要的只是在一個安靜的地方專心地寫小說，幾年下來勉強著自己，沒用的，我只會壞事而已。後來我還是逃走了，如果我不走事情會變好一些嗎？我總是這樣想，那個家庭沒有我到底會怎麼樣？不要把所有成敗得失都加諸在我身上，我沒辦法支持下去。

不行，我甩甩頭，不該想起這個，這樣我無法過好自己的生活。

「其實那不關我的事。」我這樣告訴自己。

思緒還停留在剛才的夢境裡，轉頭看見你在一旁熟睡，微亮的屋裡凌亂堆放著一箱一箱的物品，心神回到此時此地，此時我在與你一起居住的房子，但已經準備要離開這裡了。因爲正在搬家整個屋子七零八落，不知是因爲運氣不好還是我無法安定的性格，或者兩者都有，因爲各種原因，八個月裡第三次搬家，你總是一次一次騎著摩托車帶我大街小巷去抄招租紅紙條打電話找房子，一再地打包著那越來越多的書本雜物。雨勢逐漸減弱，聽見你輕微的酣聲，辛苦地工作回來還得熬夜整理東西，一定很累了吧！摸索著棉被，好冷，到底發生什麼事了，好長一段時間我都是錯亂的，轉動的腦子停不住，伸手撫摸你的臉，不知道爲什麼我覺得好疲憊，到處都是鬧烘烘的，喧鬧的其實是我自己的腦子。

停！我大叫著，但沒有辦法發出聲音。

總是站在窗邊抽菸，你在或不在這屋裡都一樣，把小型電風扇擺放在窗檯面對屋外，踏著小板凳靠著電風扇把吐出的煙霧往窗外吹，旁人看見一定覺得我很可笑吧！抽菸的人還怕菸味，弄得模樣這麼狼狽。這屋子只有一面窗對外空氣不太流通，也不像以前住的地方有陽台可以出去透氣，神經質地懼怕著香菸留下的氣味，但又沒辦法戒菸，只好繼續如此操作這複雜的儀式。我喜歡的事物裡經常充滿自己無法忍受的部分，正如我喜歡美食、好吃，但只要一聞到油煙味就會神經緊繃暴躁不安，偏巧我睡覺的床鋪緊靠著鄰近天井的窗子，有時睡夢中會突然驚醒，像要躲避什麼似地在床上翻滾，那一定是因爲樓下的早餐店又把後門打開讓濃膩的油煙沿著天井向上竄升，從忘了關上的窗戶滲入房裡，我被氣味嚇醒，醒來就無法繼續入睡。

使我害怕的眞的是氣味嗎？

昨晚嚴重失眠我吞下太多鎮定劑，回想起來仍會發抖，一整夜來回在床鋪與客廳之間，到底吃了多少藥、抽了多少菸呢？無法細數，那時你在我身邊香甜地睡著，你是第幾個了？無論身邊換了什麼人都是一樣，情人睡著而我醒著，這樣很好，我不用擔心會驚醒了你。

曾經有許多次，我總在半夜逃走，不知道爲什麼無法安靜地留在一張床鋪上，性愛之後的慵懶睏倦，身邊躺著男人或女人，都已滿足地睡去，而我睜著雙眼凝望著歡愛之後的時刻，許多記憶呼喊著湧進我的頭腦，應該感到幸福或愉悅的時刻，生怕身邊的人發現自己沒來由的驚懼，我只想離開。

不過是幾天之前的事卻已經很模糊了，看著你熟睡的模樣卻又記起那晚的情景，那時，你蒙著棉被蜷縮身體，開始哀號起來，那聲音聽來非常遙遠，我滿屋子亂走，努力鎮靜自己，不知道應該做什麼，時遠時近你的聲音刮搔著我的耳膜，好痛，應該上前擁抱你，輕撫你的脊背讓你平靜下來，但是做不到，那似乎是與我無關的事情，我僵硬著身體，無法動彈，全身的關節都發痛，臉頰開始不由自主地抽搐，不知道自己在說些什麼。

「那不關我的事。」「那不關我的事。」我喃喃自語，好像是你正在訴說著工作上的困難，或者我們只是在討論某件無關緊要的事情，情況卻失控到我必須立刻逃跑的局面。或者是因爲我一心想要離開所以才讓那些瑣碎的家常對話變成劍拔弩張的爭執，我無法分辨，明知道這樣只是讓你更傷痛，但是沒辦法，如果你可以明白我那些冷漠的話語底下的溫柔，但怎麼可能明白，這樣的時刻我沒辦法對你溫柔。是我讓你傷心了，我不明白，怎麼會這樣歇斯底里地互相叫罵著，不是你的錯，而我又做錯了什麼？或許沒有，生活的艱難讓我的愛磨損毀壞，把意志消磨殆盡，更或許在很久很久以前我就已經沒有能力正常生活了。

一個對自己殘忍的人怎麼可能對別人溫柔。

努力維持著平靜，但只要一個不留神就暴露出脆弱焦躁的本質，一旦精神稍微錯亂看什麼事都不清楚，鑽近死胡同裡團團打轉越來越糟，然後我就想離開了。「逃離現場」是我一貫的求生本能，無論面對自己或別人的痛苦，除了逃走我想不出別的辦法，沒辦法留下，彷彿多停留一分鐘都會讓我支離破碎。

那樣瘋狂的夜晚，我害怕著自己會失手掐住你的脖子使你窒息。

所以我走了，從我們一起布置好的屋子離開，我說要獨自生活，你以為我厭棄跟你在一起，你以為自己不夠溫柔不夠理解，你以為是你沒有讓我幸福，其實不是你，我害怕看見自己在親密的人眼中呈現出來那瘋狂的樣子，我以為到一個陌生的地方就可以從頭來過。

所以我走了。

記得國小畢業典禮上大家都哭了，但我心裡很高興，幾乎忍不住要開懷大笑出聲，終於可以離開這個小村子到大一點的地方去上國中，那兒的人一定都不認識我吧！那兒不會有人刻意散播著關於我們家庭的謠言，不會有同學的媽媽當我面前要大家別太接近我，「壞女人的女兒也不會是什麼好東西。」我才不會哭，離開這些人這些事我一點都不難過。

爲什麼離開你如此困難？不過就是走開而已，這是我最擅長的事。

然後我回來了。一回來就鬧著要搬家，這個房子讓我受不了，天井中午十二點煮菜煎魚的油煙味、樓下對面的鹹酥雞準時七點傳來的油煙，快讓我發狂。上一個房子呢？就在快速道路旁邊車子二十四小時不停太吵太吵太吵。再上一個呢？有大窗大陽台光線明亮屋子雅致，但是灰塵太多，所以我還是搬走了。無法分辨是我忍耐力太差還是太挑剔，或者就像試圖甩掉一個過氣的情人，可以任意找出千百個不適合的理由。

你沒有說什麼，開始上網查資料，到布告欄抄紅紙條，抓我上摩拖車，找房子去。我要找房子多難，要便宜，不要分租，不要舊屋，要安靜清爽，要光線充足，要安全隱密，我要的是我住不起的房子。

但我們還是找到了，明亮、安全、獨立、寧靜，可以做成一個漂亮透明的棺材把我埋葬起來。很好，起碼暫時看起來都還好，就等待我下一次發瘋再來發現它讓我無法忍受之處。

這裡是台灣，我在台北，你在我身邊，而你是誰呢？

下午三點鐘的「大市」，位於豐原市圓環東路的魚肉果菜批發市場，大盤中盤與小賣的攤販都已散去，偌大的市場顯得特別空曠，留下幾個整理垃圾、做灑掃清潔的工人。有婦人拿著長柄刷子用力刷洗地上遺留的血漬髒污，幾片雞毛鴨羽飛起，似乎還可以聽見雞鴨的喊叫……有個老頭蹲在地上拿鐵片刮除黏附地板上的魚鱗，一個三十幾歲高瘦的男子拉長水管到處噴灑水柱清洗著賣吃食的攤子地上的油膩……。

首先進入一條小路，小路兩旁左邊是道路的水泥護欄，右邊是一間間賣著乾糧雜貨、紅豆綠豆、罐頭香菇之類的雜貨店、百貨行，女孩的爸媽擺的攤子就在水泥護欄的旁邊，一整排賣衣服、五金、皮包、鞋子的攤位沿著小路通到市場然後停止，攤子正對著湧入市場的人潮，背後是連接往東勢的車行地下道，地下道上面橫跨著鐵路，小路走進去就是整個果菜市場的重心，後半段都是賣魚賣肉賣青菜水果的攤位，轉到最底端是批發中心。有段時間女孩的爸媽晚上長期地在復興路的橋邊擺夜市，早上則在這個批發市場做早場生意。當時這個人山人海的市場是一位難求，爸媽用很高的租金轉租別人的攤位，經常沒有固定位置，有時搶到入口最熱鬧的地方，有時位置就沒那麼好了被安排在底端，客人走到這兒早已四散。家裡的攤子賣的是各種整批「切貨」來的女裝，有時是套裝，有時是休閒服，有時是襯衫跟褲子、裙子，一次上千件的衣物整批買斷，進價成本低，利潤壓得低，這樣賣價便宜可以快速銷貨，不同於賣高價服裝的攤子可以慢慢跟客人摩蹭、討價還價，賣一件可以賺兩件的高利潤，他們的買賣賺的只是轉手差價，大量進貨大量出貨，鈔票在轉手之間只是過路財神，不知道爲什麼爸媽選擇這樣的經營方式，或許是爲了軋票，需要大量的現金往來，但只要看錯一批貨，或許就會血本無歸。看起來老實安靜的夫妻或許隱藏著賭徒的血液，女孩這樣想。每隔一段時間他們就會下一個賭注，那時候全家人的神經都繃得好緊，生怕一個失神，全盤皆輸。

家裡賣女裝的攤子已經收拾好，家人都回到租來的小房間休息，女孩站在市場裡，到處走走看看，其實已經很累了，早上四五點就起床，一整個早上拚命地做生意，全家人都累垮了，應該快點休息一下，待會要準備晚上的夜市。

那個小房間其實不能稱之爲房間，充其量只是在市場的牆邊用三合板圍成的四方形隔間，頭頂上是市場的鐵皮屋頂，三合板的隔間頂端與鐵皮屋頂中間還有很大的空隙，不到三坪的小房間裡放著很大的木板床，兩把椅子，從隔間的兩端拉出電線在中間掛了一隻電燈泡，如此而已。女孩不知道這個不像樣的房間租金要多少錢，她只知道近來幾個月爸爸都住在這裡，媽媽也常來過夜，大概是嫌從神岡到豐原開車還要四十分鐘的路程浪費時間，或者是爲了早上可以搶到比較好的位置所以乾脆住在這裡，反正爸媽也不會來告訴她爲什麼這樣那樣安排。暑假到了，她帶著弟妹來跟爸媽住一陣子，才知道要住在這樣的地方。夜裡她總是睡不著，不是因爲簡陋使她難受，而是沒有安全感，睜著眼睛望著隔間木板與鐵皮屋頂之間巨大的空隙，好像隨時都會有人從那兒爬進來，彷彿有好幾雙眼睛正趴在那兒偷看。一家人睡在一起應該覺得溫馨甜蜜，但她只覺得疏離，彷彿被擺錯了地方，不知道什麼時候開始她經常都覺得與周圍的環境，甚至與自己的家人格格不入。

女孩在空蕩的市場裡到處走走看看，其實沒什麼吸引她的，只是拖延著回去那小房間的時間，像是一種緩衝，需要慢慢平復心情。每次一場激烈的叫賣下來，耗盡了全身的力氣，她不過還是個孩子其實沒必要這麼賣力，但她忍不住，或許那樣的買賣過程有一種魔力，媽媽平時也不多話，但只要站上板凳扯開嗓子就像在主持聯歡晚會，風趣、熱情、逗笑，充滿無比的群眾魅力，彷彿催眠著那些先生小姐叔叔阿姨，大家都陷入一種迷幻的氛圍不知不覺掏出了口袋裡的鈔票。這樣的幻術只有在人多的時候才能生效，有時客人就是圍不過來，三兩隻小貓似地在攤子邊徘徊，那樣的時刻客人難纏極了，挑剔、殺價、不斷地試穿、猶豫再三，要他們痛下決心來買好像被割肉似地疼，媽媽意興闌珊一句話都懶得跟他們多說，爸爸口才不好，說來說去都是那幾句，「便宜喔！」「跳樓大拍賣喔！」「客人要不要看看。」說得有氣無力半點吸引力都沒有。但是只要人潮一聚攏，路過的人也會不明就理地湊上來，人一多，媽媽就像充了電、吃了猛藥，渾身是勁，前一分鐘還是病懨懨的，不是在一旁打瞌睡，就是在角落裡抽菸，轉眼間好像成了舞台上的大明星，說學逗唱，丰姿萬千，跟每個客人說說笑笑，站在板凳上對著路過的人群喊話，讓人禁不住圍靠過來，人聚集到一個程度大家就都失去理智了，好像擔心衣服會被買光似地，爭著買，甚至會搶同一件，也來不及試穿，彷彿再沒辦法遇到更便宜的狀況了。媽媽操弄著語言讓這熾熱的場面不斷加溫，女孩也會在一旁叫喊吆喝，這時候連弟弟妹妹都加入這人群裡，幫忙客人找衣服、包裝、收錢，看看有沒有小偷，他們彷彿都在一種幸福的氣氛裡，情緒不斷升高，說話的時候笑容都收不住，每個客人看起來都像恩公，幸福幾乎就在眼前了，再拚一下，再撐一會，一家人無聲地鼓舞著彼此，每收一張鈔票，每賣出一套衣服，心情就會漲高一點。

然而，這樣的氣氛通常只會維持兩個小時不到，從媽媽站上板凳登高一呼，人群被什麼不知名的磁力吸引過來，開始了整個買賣過程的高潮處，之後便會慢慢退去，等到人潮散盡，他們幾乎都累癱了，一種高潮過後的疲軟，甚至是有些空虛的，慢慢摺疊著散亂的衣服，收拾地上的塑膠袋、紙箱、客人亂扔的垃圾，將貨物打包裝箱，等爸爸把東西全部裝上貨車。不久前還圍滿了顧客、人氣買氣特旺其他攤子都會側目眼紅的盛況，突然全部消失，他們只是五個精疲力竭、蓬頭垢面的男女老小，肚子餓得咕咕直叫，這咕咕的叫聲把他們拉回現實，這時候什麼都恢復了常態，回到生活裡，原來這不過是一場跟昨天一樣的買賣，債務還是在那兒等著，賺不了大錢，明天依然要繼續這樣辛苦地營生。

女孩仍在空蕩的市場裡搜尋，身體的疲憊猶如一件厚重大衣披掛著，用腳踢動一個小小的紅蘿蔔，一步追著一步，看紅蘿蔔滾動翻轉像一只紅球，女孩穿越這市場來到家人租賃的小屋前面停下，回頭探望這已經謝幕的舞台。

市場裡時時都彌漫著各種刺鼻的氣味，腐敗的蔬果、魚肉的腥羶、雞屎鴨糞的臭味，鹹水鴨、滷豬腳這類的熟食氣味更是繁雜。晚上做完夜市回到這裡都已經深夜一點鐘，都還沒睡熟呢！不到凌晨三點市場就開始陸續有各種聲響，大貨車載著滿滿的高麗菜大白菜開進來了，小攤販開始準備攤子，車聲人聲雞鴨叫聲吆喝聲，此起彼落。女孩在人車吵鬧聲中醒醒睡睡，突然爸爸像想到什麼似地從床上跳起來大叫著：「快點，來不及了。」媽媽揉著眼睛不情願地掙扎著起床，那時才清晨四點半。

來到這裡之後她一直睡得很淺，那爸媽不就更嚴重，她看著兩眼發紅的父母，為什麼把人生過到這種地步呢？缺錢，欠債，賺錢，還債，這就是人生的眞相。這時她好想帶著弟妹回到鄉下的老家，看不見就不會痛苦了吧！她還是個小孩，懂得什麼叫做痛苦嗎？但痛苦那麼眞切，因為這表演似的武場生意，爸媽的性格都變得陰晴不定，隨著生意的起落、天氣的好壞而起伏著。對孩子的態度也是，尤其是對她，高興時疼愛她誇獎她，生氣時責罵她挑剔她，有時會說出不可思議的可怕言語，好像她是造成這一切苦難的源頭。

她企圖關閉鼻子以阻絕那些氣味的侵擾，關上耳朵逃掉各種喧鬧以感受到寧靜，緊閉雙眼不要看見殘酷的現實如何一點一點侵蝕著她的家人。在這些逃避的舉動裡她觀看著自己的家人，忙碌得沒有時間感到困惑，吃苦已經成為必然，一家人共同奮鬥為何她要置身事外呢？或者其實唯一不能忍受的是她，有疑惑無法解答的也是她。沒有人可以給她解答，她甚至已經知道答案是什麼，欠債還錢天經地義，問那麼多做什麼，不想幫忙就滾一旁去吧！

弟弟妹妹拿著辦家家酒的小東西在一旁玩耍起來，爸媽的攤子前面已經圍滿了客人。好像有人喊叫著她的名字，是媽媽，她是個能幹的幫手好不容易來幫忙了怎能不上場，催促著，媽媽催促著她，她遲疑著腳步久久不能向前，彷彿那兒有隻吃人的野獸。

但她終於還是會走上前去，日復一日地，她會參與那齣家庭戲劇，扮演好大姊跟乖女兒的角色，努力做著一切大家要求她做好的事情。

她抗拒不了那樣的叫喚。

不知道是第幾天了，困在房子裡無法出門，應該到哪兒去走走，經常是換好衣服背上包包打開大門，沒有辦法走出門去。門是開的，路就在前方，電梯在三公尺以外，只要按下開關，就可以帶我到達地面，但是出不去，找不到出門的理由，或者理由很多，但說服不了自己。

各種疼痛提醒我生命的存在，經常地，我處在各種莫名的病痛之中，頭痛腳痛背痛腰痛眼睛痛喉嚨痛胸痛月經痛，上醫院像在逛百貨公司，跑遍每一科，健保卡用到了G卡，身體像一塊破布拖拉著，每一種疾病都有可能也都無法確定，這都是我自己幻想出來的吧！某個醫生拿著聽筒輕率地放在我正疼痛的胸口，「不知道爲什麼老是覺得胸痛。」我說。醫生看著我，「沒什麼問題啊！」我知道他想打發我走，好像我就是那種最會浪費醫療資源的人，此時我正在無病呻吟，稍微有頭腦的人都知道我該看的是精神科，正如我叨叨絮絮寫下的那些，我不確定，挖出記憶的某個部分，我看見的不是我記得的，其實我什麼都不記得了，清醒的時候，我的腦子裡空無一物。

下雨了，天氣濕冷，一早醒來看見陰暗的天色我就不想呼吸了，其實沒有發生任何事，我打開電腦，叫出檔案，昨晚寫了什麼，密密麻麻的字跡，那是別人的人生。

我總想著是因爲天氣的緣故使我發作。

什麼毛病發作了？症狀清晰，病名不詳。只要天氣放晴我就會好轉，我知道，是下雨的緣故。

或許是因爲搬家之前的煩亂，或許因爲這屋子經過裝箱打包如今已潰不成形，到處都是亂糟糟的，想用的東西總是找不著，到處都是灰塵，這樣混亂的場景使我更加沮喪，一轉身碰倒了一個杯子，剛回頭腳就踢到櫃子。搞什麼東西這樣笨手笨腳，我嘀咕著，自己在那兒生悶氣，明明是我自己吵著要搬家，怎麼有資格在那兒生氣？明知道等搬家之後就好了啊！把一切安頓下來，就可以安心地生活，生活就會一點一點慢慢變好。

是嗎？我不相信。

一場午夜的大雨，把我推進了記憶的深處，那兒有什麼呢？爲什麼讓我如此驚慌。

我仍在出神，你從身後摟住我輕貼著我的耳朵說：「帶你去西門町看電影。」你的聲音將我帶回現實，你說要帶我去看電影，好像那是什麼心愛的禮物你要雙手捧來送給我，其實你只是想找個理由帶我出門，不讓我在屋子裡持續地低潮沮喪。

那麼就去西門町吧！無論是什麼地方，就帶我離開這裡。

第一次約會的時候，那天，走出西門捷運站六號出口，站在路邊我四下張望，洶湧的人潮裡，不知道哪一個是你，不可能不認得，但不敢確定這許多思念與想像沒有改變印象中你的容貌，我的記憶並不可靠，持續張望著，迎面看見眞善美戲院，曾經跟誰約在這個地方，但附近的商店已非當時模樣，是多少年前的事了呢？那時我也是這樣神色驚慌地在街頭張望著嗎？好像是一個悲傷的故事，總是在不斷地等待對方，而且不可避免地錯過彼此，只是不知道那時悲傷的究竟是誰。

仍在出口處徘徊，超過眼睛所能負擔的人車景物進入我的視線，一切都變得模糊失焦，我努力抓住一個焦點使自己精神集中，路口有個穿著龍袍的人模樣滑稽古怪，那人拿著擴音器站在板凳上吆喝著：「台灣阿誠紹子麵，全世界最好吃的麵。」誇張的表演與響亮的聲音吸引著路人，我不知道什麼是台灣阿誠，但他這樣叫賣著人群就往那個店面流動了。看著形形色色的人們以各種姿態往四面八方而去，像欣賞一幅雜亂的風景，把喧鬧的人潮當成與我無關的事物，就比較容易忍受。這樣胡思亂想之際，突然看見你努力衝破人流往我這邊走來，穿著吊帶牛仔褲、格子襯衫，大聲喊著我的名字。你眞的好年輕，紅撲撲的臉，清亮的大眼睛，俊美、可口，我好像西門町這兒到處可見的老阿伯，正在跟年少的你進行援交。

那天，我們一起去看《藍宇》，一部悲傷的電影成就了我們的愛情。又不是多麼了不起的片子，但是走出電影院時我們兩個都神情渙散無法自持，因爲緊張我開始神經兮兮地評論，不該多話的時刻我卻嘮叨著，你只是笑，一定沒想到我是個那麼囉唆的人，你拉著我的手停下腳步找了路邊的行人椅坐下，你一直看著我我只好低下頭去嘴裡又開始叨叨唸唸，「不要緊張啊！」你說，我抬頭看你，你的臉好紅好紅，到底緊張的是誰呢？然後我們在街頭擁吻。

說不清到底是誰先主動，那天，在人潮洶湧的街頭吻你，你吻我，許多人發出各種聲音從身邊走過，我們在街頭擁吻，透過你柔軟甜濕的嘴唇舌頭許多能量從口腔滲進我的身體，一個吻接著一個，好像全世界只剩下了接吻這件事。天色漸暗，多少時間流走，我們還在吻著，或許只是因爲你長得好看，或許是因爲長時間的親吻使我腦部缺氧無法思考，眞的那時候我感覺無比的勇氣，覺得可以一起走下去。

好像還是昨天的事但已經遙遠而斑駁，那天是眞的，後來也是眞的，相處的點滴，曾經有過的歡樂，我沒有說謊。

我們無數次來到西門町，情人應該有很多地方可以共度，但我們總是晃蕩回西門町。主要是看電影，有錢時就去絕色跟眞善美看首映，沒錢就到西門戲院看二輪，運氣好也曾碰上有貴賓券可以免費看各種影展。除了看電影就是吃東西，你喜歡喝珍珠奶茶知道哪一家最好喝，合吃過我總也不明白爲什麼會大排長龍的阿宗麵線跟堂本家的日式泡芙，湊熱鬧似地跟著行人穿梭在那些賣首飾、玩偶、流行衣帽鞋襪的小巧店面，走在徒步區卻被滿路的行人推來擠去根本身不由己。怕吵、怕人，在公共場所就會禁不住地慌亂，我不知道爲什麼要來西門町，在這樣熱鬧的地方約會根本就是自討苦吃。

我想抽菸，要你在一旁等著，我獨自走開到街道另一端，打開菸盒拿出打火機，其實這兒空氣多壞什麼怪味道都有，但我就是沒辦法在對菸味敏感的你面前暢快地大口抽菸。點火，吸入第一口香菸，你望著我這邊，中間走動來去的人群將我們隔開，我緩慢地吞吐煙霧，看著眼前匆忙來去的那麼多人，我怎麼會來到這種地方呢？成爲那逛街的人群之一，那一直都是我最害怕的，只要有買賣的地方我都會覺得緊張，尤其是這種攤販小店林立的鬧區，跟我記憶中傷痛的部分太接近，我知道應該把事情分開，不該活在往事裡，但我不去與回憶糾纏過去卻像鬼魅似地出沒。我站著抽菸的這個十字路口，好幾個不同商店的員工拿著好大的木製招牌、裝訂好的宣傳海報，或者穿著新奇怪異的道具服裝，有人還會手舞足蹈做出誇張的動作來吸引路人，發海報的、派面紙的、給折價券的，什麼宣傳方式都有，我手上就不自覺拿到了好幾份樣品傳單跟面紙。西門町整個改建之後成爲青少年流行聖地，其實這裡跟我記憶中台中豐原的夜市、鬧區、黃昏市場、菜市場是全然不同的，但我身處這充滿了買賣的地方，看見那麼多人在做生意，聽見無盡的喊叫、吵鬧，就不自覺地恍惚起來。

眞的有那麼可怕嗎？我問自己，隔了一大段時間而後回首，難道沒有改變我對事物的看法？那些買賣的生活不也充滿許多不身在其中無法體會的樂趣？

離開家已經很遠了，我已經長到三十二歲了，如果用力揮動雙臂是不是就可以高高飛起？穿過這人車擁擠的城市，飛升到很高很遠的地方，把我的家人、往事、噩夢全部拋去，甚至，我可以拋卻這個糾纏著精神與生理病痛的身體，輕盈地飛翔。

但我找不到可以飛去的地方。四周都是歡樂的景象，我已迷失在記憶中無數個紛亂的鬧市裡。

到台北來之後，常常跟你到公館師大之類的地方逛夜市。其實我不太明白那種地方有什麼好玩的，對我來說，任何充滿攤販的地方都好可怕，只要人一多、四周比較吵鬧，或者有很多店面攤位的地方我都會覺得緊張，我甚至沒辦法去逛百貨公司，更討厭買衣服，只要看見很多衣服堆在一起，或是一排一排整齊地疊著，我就會頭痛。是因爲想要陪你，還是爲了克服自己的心結呢？好多好多次，我也跟著你大街小巷地逛街，好像有著創傷的人一次一次回到災難的現場，隔著一段距離觀看我不堪聞問的回憶，那樣的時候我在想什麼呢？

我們住的地方附近大樓騎樓下有家賣鹹酥雞的攤子，有時晚上嘴饞我們就會去買來吃。第一次去的時候看到店裡有五個人在看顧，引起了我的好奇，仔細地觀察著，如果沒猜錯他們的身分看起來應該是一家人，擠在從騎樓延伸到後面兩三坪大的小店裡。負責顧攤子的有三個人，左手邊是媽媽在油鍋旁負責油炸食物，中間個子比較高應該是哥哥的男孩子招呼客人，「香雞排一個。」「鹹酥雞大的一份。」「豆子跟甜不辣。」客人指著食物點菜，男孩依著客人手指的方向把這些東西裝進塑膠小籃裡然後交給媽媽，右邊另一個男孩則把炸好的食物灑上胡椒粉、辣椒粉然後用紙袋跟塑膠袋包裝起來，結帳收錢找錢。往店裡面看，日光燈管因爲沾染油煙而顯得光線黯淡，這五個人的面容與衣著彷彿也因爲油煙浸潤而變得模糊混濁，店面沒有任何裝潢，非常簡陋，最底端用三合板隔著後面不知道是什麼，會不會是他們的住家呢？因爲這空間比隔壁的錄影帶店、小吃店都小，感覺店後面應該還有多餘的空間，但也不可能太大，我想他們全家或許就是擠在後面隔出來的一兩個小房間裡生活吧！

鐵製的攤車後面，右邊有個簡陋的流理檯，靠近水槽的地方像是爸爸的中年男人不斷地把鐵盤裡一片一片的雞排沾上麵粉、放進另一個鐵盤，他旁邊的桌子上擺滿了等待清洗切割整理的花椰菜、豆子、香菇、甜不辣等等。還有一個小女孩，大約國小一二年級，皮膚黯淡小小的臉上擠擠的五官，低著頭在那張擺滿食材的桌子邊做功課，桌子眞擁擠，上面擺了食物、一台十吋黑白小電視，還有女孩的課本作業簿跟鉛筆盒，當大家都在忙碌的時候，女孩子就埋頭寫著作業，不時抬起頭來看看電視，注意四周人群的動作，然後又趕緊低下頭繼續看課本動鉛筆。

「晚上我注意過那個小女孩了。」有一次你這樣說，一邊把胡椒粉灑上香噴噴的香雞排。那晚我去隔壁攤子買皮蛋瘦肉粥，你去買鹹酥雞，我沒靠近那個攤子。

「她看起來一點都不痛苦，還在油鍋旁一直跟媽媽吵著要幫忙炸，表情看起來好像很好玩似的。」你說。「不知道她心裡在想些什麼啊？認識你之後我看見這種小女孩都會特別注意。」

我也不知道，或許她眞的覺得很開心，會把一家人都帶到攤子上，除了增加人手，也是爲了方便照料吧！不然難道讓小孩子自己在家嗎？看那兩個男孩勤快俐落的模樣，眞是乖巧懂事的孩子。不知道他們白天要不要念書？爲什麼只有小女孩在寫作業？男孩看起來應該是國中生，這樣辛苦地幫忙功課怎麼趕得上？

這世界上有多少孩子是跟著父母在各種攤子上忙碌的，不只是夜市，路邊的各種小麵攤經常可以看見夫妻帶著小孩在做生意，有時我們甚至會在檳榔攤上看到很小的孩子在幫忙賣檳榔。

「或許只有像我這種嬌生慣養的人才會覺得這樣辛苦是無法忍受的吧！」我說。

「不要這樣說，那不是你的錯。」你說。

吃吧！雞排涼了就不好吃了，我喃喃自語，「那不是你的錯。」爲什麼大家都這麼對我說呢？那到底是誰的錯？相同的事發生在不同人身上產生了不一樣的結果，我眞希望我是那可以融入其中的人，可以更適應一點，不要有那麼多的感受。

其實賣衣服的生活並非總是痛苦的，沒有經歷過那些我哪能懂得人世的艱難，更何況我的身邊曾經發生了許多奇妙有趣的事，那就是生命迷人的地方了吧！換一個角度想，這個我最擅長，心念一轉，境界就不同，轉來轉去我就迷了路，不知道轉進哪一個角落出不來了。

其實只是經過一根香菸的時間，記起了好多事，回神時你已經不在那兒了，我納悶著你去了哪兒，趕緊踩熄菸蒂開始找尋你，逐漸恐慌起來，你去哪兒了呢？不確定剛才眞的還跟你牽手走路，會不會其實我是獨自來到這兒，在歡鬧的男女老少之間遊走，但眞實的我存在的地方空無一人。

好像在擁擠的人潮裡你已經跟我不明所以地永久地散失。

走過去了，走散了，就這樣往相反的地方背道而馳漸行漸遠。

驚慌裡你抓住了我的手，「去哪兒了？」我問你。

「我一直都在原來的地方啊！」你說。

好像也有人這樣說過，說話的人是我妹妹。「有一天我帶著弟弟妹妹去看馬戲團，那天，我以爲妹妹走丟了。」我喃喃自語。「你說什麼，我沒聽見！」你大叫著，附近的加州健身房播放熱門音樂，不遠處有個偶像明星在舉辦簽唱會，吵鬧的音響歌聲遮住了我說話的聲音。

「沒事，我們去看電影吧！」我搖搖頭。

你們都在原地，離開的其實是我自己。

我沒有說出口的故事是這樣的。

住在批發市場的那個暑假，女孩跟弟弟妹妹一起去看了馬戲團表演。

因爲擔心弟妹走失，女孩拿了爸媽捆綁衣服的布繩子把三個人繫在一起，順著市場旁邊的小路慢慢走，沿途三個人都覺得很高興，因為一不小心就會被布繩絆住身體所以他們走得很慢，妹妹甚至還唱起歌來，這是他們第一次這樣一起出去玩，跟爸媽央求了好久才答應的。到表演的場地，果然擠滿了從鄰近鄉鎮慕名而來扶老攜幼的人們，聽說這是豐原地區首次有外國來的馬戲團表演，門票多少錢不記得了，好像是媽媽事先託隔壁賣童裝的叔叔去買的，票根可以換取爆米花跟熱狗。

弟弟喜歡看小丑表演，妹妹喜歡老虎跳火圈，女孩喜歡看空中飛人。漂亮的女空中飛人曾拋下一朵玫瑰花被女孩撿到了，她把玫瑰別在布繩子上三個人帶著這花兒回家。

表演進行的時候女孩依然緊緊牽著那條布繩子，她知道這繩子牽繫著年幼的弟妹，不能讓他們走丟了。表演到半途時，弟弟想尿尿，那時候正是大黑熊穿著好古怪的衣服表演走路跳舞，弟弟說忍不住了，妹妹說她要看表演不要離開，該怎麼辦呢？後來女孩解開了繩子讓妹妹一個人留在座位上，「不可以亂跑，乖乖等我回來。」她不斷叮嚀著，帶著弟弟去上廁所。回來的時候沒看見妹妹在座位上，以為妹妹不見了，她好驚慌，弟弟曾經在公有市場走丟過一次，那時候大家四處找，還到警察局去報案，找了很久才找到的，她急得都要瘋了，這次換妹妹走丟，怎麼會發生這種事？人是她帶出來的這下回家要怎麼交代？下次他們再也不會讓她帶著弟妹出去玩了，女孩急得幾乎要大叫，焦急得四下張望，然後在喧鬧的音樂聲中聽見妹妹叫嚷著：「大姊，我在這裡啊！」

「跑哪去了？」女孩用幾乎哭出來的聲音質問著妹妹。「我一直都在這裡啊！」妹妹莫名其妙地挨罵也快急哭了，她一直都在原來的地方乖乖坐著，原來是女孩找錯了方向，弄錯了位置。

那個暑假，看過馬戲團之後，女孩好幾次一個人去看電影，電影院成爲她短暫的避難所。

從客人那兒收來的錢偷藏五塊十塊在褲袋裡慢慢地積存，錢存夠了就趁著傍晚爸媽睡覺的時候偷溜出去，走小路繞過曲折的巷弄直奔「豐源戲院」，隨便放映什麼電影都好，就這樣溜走兩個小時。她已經十二歲了，媽媽竟然要她在市場裡洗澡，怎麼可以？大人總是不懂，看起來像小孩子並不代表就是小孩子，有人在看她光裸著的身體啊！雖然月經還沒來潮，身體尚未有任何女性特徵的發育，媽媽難道看不出她是個早熟敏感的孩子。「不洗澡你就臭死吧！」是誰這樣對她說？她幾乎可以聞到自己的身體正在逐漸發酸發臭，躲到公共廁所裡用小毛巾慢慢擦拭著身體，廁所好臭，就像她逐漸腐敗的身體。

她一個人，沒有誰找得到她，躲在黑暗的戲院，這兒就是她的藏身之處。看過什麼電影不記得了，只記得那個暑假好漫長，空蕩的戲院裡沒幾個觀眾，明明是個喜劇片但她哭了起來，哭累了就睡覺，醒來再繼續看電影，電影情節在她的眼淚跟瞌睡之間斷斷續續，有些部分又好像連接著她的夢境，模糊難辨。電影演完時，戲院突然燈光大亮，她在光亮裡怔忡著，猛然被推回現實，時間到了，該回去了，晚上還有很多事情要做，她拖拉著腳步，回味著剛才電影的情節，沒有看見的地方就自己想像著，加入她破碎紛亂的夢境，兩個小時的時光給了她孤單又溫暖的休憩。走出戲院硬著頭皮回到復興路的夜市，父母忙得不可開交沒時間罵她，或者他們不想打探她的行蹤，巧妙地維持平衡，他們從不讓彼此了解對方的祕密。

終於搬了家，是一個明亮乾淨安全美麗的地方。剛住的一兩個月，看起來一切都很好，我開始專注地、持續地寫作，你認真地工作，我們像尋常的伴侶那樣生活著。然而在這樣的生活裡我看見自己逐漸分裂毀壞，曾經有過的夢想，我說過的每個飽滿愛意的字句變成你的枷鎖，白紙黑字寫在那個黑色的本子裡我不會取消，但是突然變形了，我開始變得疏離冷漠僵硬，沒有理由說不清楚理由，我只是想離開。

「我們兩個不適合。」我說。「誰會適合你呢？」你反問。「有誰會適合你呢？」你再問。「既然誰都不適合為什麼你還要去嘗試?」你說個不停。

或許沒有人適合，連我都不知道該如何跟自己和平共處。

「為什麼要放棄我們的家?」你大喊著，美麗的眼睛裡有著悲哀的淚水。太多次了，你看不出來嗎?我一直往那你碰觸不到的地方奔去，我不能繼續這樣傷害你，我正在變成自己最厭惡的人而我無法改變，我的心是超載的電梯正在發出嗶嗶嗶的警報聲，快點下去，趕快逃走，我將你推開，我那麼用力地推著，你還不知道發生了什麼事?然後我開始四分五裂。

清楚記得那一晚，陪你到河濱公園練習薩克斯風，我點燃一根香菸，沿著河堤慢慢走遠，你吹奏出生疏而破碎的音符逐漸模糊。我一直一直往前走，身後的你還站在最初的地方，我回頭，遠遠看見你，穿著黑色的羽毛大衣，小小的身體幾乎要消失在夜色裡，金色的薩克斯風發出光亮，你專注地嘟起嘴，練習著簡單的音階，你是個非常美好的孩子你知道嗎?一個人孤單地在那兒認真練習著，而我卻一直往你追不到的地方走遠。不要愛我了，把我忘了吧!我是那不斷會離開的人，不是你的錯，曾經美好，我曾經那樣疼愛你，那都是真的，但已經被我親手毀壞，我就是那種會不斷把生活毀棄的人，留在我身邊你將會不斷不斷地哭泣。

清涼的風吹亂我的短髮，你的音階練習得很好了，年輕的身體發出飽滿的氣力，應該好好愛惜自己，會有更好更溫柔更理解你的人出現將你帶離開這混亂的生活，那個人不會是我，我們都知道這個事實。請原諒我作出冷漠無情的樣子，原諒我說過的每一個傷人殘忍的句子，就是因爲曾經相愛所以我不要看見自己跟你逐漸疏離，你給過的一切曾經那樣美好我會仔細珍惜收藏，但我眞的必須要離開了。

最後的一次，我們以戀人的身分走在西門町街頭，閃過紛至沓來的人群，你拉著我的手往前走。其實我已失去了方向，分不清過去與現在，無法從悲傷的往事裡掙脫，你牽著我的手慢慢走，朝向電影院的方向。我們總是看電影，長期失眠的我卻經常在電影院裡睡著，今天演的是什麼片子呢？坐在偌大的電影院裡，我開始不能自抑地流淚，電影根本還沒開始上演，你慢慢撫摸著我的手心，沒有問我任何事情，你總說你是個穩重的大人了可以照顧我，我依然把你當成小孩子那樣看待。爭吵的時候，甜蜜的時候，許多次我都想逃走，其實不是因爲你的緣故，我承受不了的是這個世界，我無法忍受的是那眞實而殘酷的人世，爲了生存下去而一步一步走向殘忍。但你還在這裡啊！你安撫不了我，我無法使你安心，一切都往毀壞的地方傾倒你看見了嗎？你不相信，我走了就不會再回來了。我害怕看見那許多爭執，那不斷的爭論裡我的瘋狂與你的狂暴，在無數個焦躁不安的夜晚，我抓亂了頭髮在屋子裡來回疾走，錯亂的腦子裡許多聲音在喊叫，是你的哭聲，你哀號著，無時無刻都在回響，好吵好吵，停下來好嗎？我請求你停下，不要哭了我好害怕，但是沒辦法，沒辦法停止，我只能吃一顆藥，再吃一顆，只要等到藥效發作的時候我就可以得到平靜。像每一次我想要從一個屋子逃走，從一個情人身邊離去，以爲只要找到了安靜的地方就可以重新生活，天涯海角我逃不開的其實是我自己。

我要離開了，這樣下去是不行的，不是不愛你，但是在你身邊我無法忍受，沒有辦法說明的損傷不斷將我掏空，我會變得越來越冷漠越來越殘忍，我不要讓你看見那樣的我，快點離開。

你問我原因但我說不清楚，那愛已失去應有的姿態，太多損傷，太多不堪，我只想離開。

應該怎麼辦呢？永遠太遠，我無法看見，每一天我都設法讓自己可以繼續存活。但我的世界是隨時會崩塌的，我沒有未來我有的只是過去，一層又一層的回憶，揮不去，撥不走，變化成各種形式出現在每一個地方，彷彿已經活過好幾回。

不要愛我，我這裡不適合你。

最後的一個下午，我們躲進一家破舊的電影院，窸窣傳來鄰座吃喝飲食的聲響，細碎的交談，眾人都按捺著情緒等待開演。蘊含著喧囂的寧靜，這氣氛，等待開演前不尋常的寧靜，你柔軟的掌心撫慰著我，不敢轉頭看你，怕你知道我想要離去的決心，怕你看見的其實不是我的臉，那樣涕淚縱橫的面孔仍是當年市場裡的那個小女孩，沒有長大的人一直都是我。

音樂聲響起，片頭播放著限用塑膠袋的公益廣告，矮胖的藝人跟嚴肅的署長扮演搞笑的裝扮，我淚流不止，感覺到愛意的瞬間，似乎回到了當年獨自到電影院去的時刻。那時候的我是多麼悲傷但沒有人可以來挽救，到底要傷痛多久呢？

遠遠地，好像還看見當年那個小女孩，如何躡手躡腳地從菜市場裡溜走，走好長的路到達戲院售票亭，踮著腳尖才搆得到窗口，買一張票，撕票的阿姨看了她一眼但沒有多問，女孩推開襯墊著黑色絨布厚重的大門，走進了電影院。

之三
賣時間

木器工廠裡有很好聞的味道，各種木材被剖開、裁剪、切割成大小形狀不一的木料，木匠拿著各種器具在各自的工作桌檯前動作著，散落在空氣裡細碎的木屑變成某種獨特的微粒，堆在牆角廢棄的木料，已完成將完成未完成的各式家具紛亂林立。傍晚五點半，女孩來到這個木器場找她爸爸，收音機裡傳來廣播節目主持人講古，吳樂天講「廖添丁傳奇」，女孩拉張板凳就坐在收音機前面。工廠裡的幾個師父都是他們家的親戚，當初是爺爺奶奶拿田地去抵押讓三伯開了這家木器場，後來生意越做越大，三伯到神岡街上開了一間家具行，工廠仍設在女孩家附近，只是把原本的小工廠改建成更大的廠房。女孩的爸爸二十歲娶妻生子才轉行去當木匠學徒，剛開始一個月只有三千元薪水，或許因爲他很勤奮，或許是因爲有天賦，升上師傅之後薪水跳了幾翻，變成了廠裡第一把交椅。

爸爸的眼睛受過嚴重的傷。小時候跟鄰居家的孩子去河堤上撿廢鐵，找到一顆未爆彈，年幼的同伴不懂事拿大石頭去敲打那顆砲彈引起了爆炸，敲打的那男孩被炸死，在旁邊的同伴幾人都受了傷，女孩的爸爸炸傷了眼睛跟臉，花了家裡很多醫藥費，他的眼睛裡殘留著白色的傷痕，眼球總是濁濁的，視力很不好。家族裡排行老四的他，只讀到國小畢業就去外地工作了，一心想要開創事業的他做過好多行業，後來跟人合夥，收購用過的軍用電池，拿出其中可用的部分做成黑市電池，合作的對象是女孩的外公，爸爸是幾個股東之一，不是什麼大生意，後來好像也被下游廠商倒了錢，但爸爸是在那時間認識了媽媽。婚後小夫妻倆回到鄉下老家，爸爸轉行當上木匠師傅，薪水雖然發不了大財，但勉強一家溫飽應該可以，何況女孩的媽媽辛苦地做加工、賣各種小孩子玩意，也可以貼補家用，但後來他們夫妻倆決定跟人合夥投資做生意，自此發生了一連串的悲劇。

爸爸正在製作一張椅子，女孩最喜歡看見爸爸用鉋刀跟砂紙把木料磨平的階段，他的神情很專注，四周都是大型機具轟轟作響，鐵鎚敲打著將鐵釘打進木板裡，鋸子切割著木板，鉋刀打磨著木頭，工廠裡充滿各種嘈雜的聲音，但爸爸似乎在一種很安靜的氛圍裡，因爲視力不好眼睛細瞇著，好像在側耳傾聽，可以聽見木頭對他說話，指示他該如何下手，他的手指粗短指節突出，仔細地用砂紙摩擦著木頭表面，好專心，似乎屏住了呼吸，然後雙手的動作逐漸加快，女孩這時候會把頭低下身體微蹲，張大了眼睛不敢喘氣，企圖貼近爸爸的手邊，但又不敢打擾他。這會是張什麼樣的椅子呢？女孩揣想著，光滑的木頭表面可以看見清晰的紋路好像書寫著什麼，視線沿著那曲折迴旋的紋理漸漸沉入漩渦，然後就恍惚了，抬起頭看見爸爸的臉，靠得太近看不清楚五官，好像剛才那木質的漩渦仍停留在爸爸臉上使他看起來面目模糊，充滿了神祕不可測的細節。

負債之後，他們開始賣各種東西，必須要有車子可以載貨，最初是拼裝三輪車，後來分期付款買了藍色福特全壘打五門小轎車。有很長的時間裡爸爸沒有汽車駕照，因爲眼睛不好通過不了體檢，開始賣東西之後得開車來回奔走，他總是小心翼翼躲避警察，倒楣被臨檢遇上了，他就背誦著自己兄弟的身分證字號、出生年月日等資料矇混過去。這總不是辦法，常常提心吊膽的，每一年爸爸都嘗試通過體檢的視力測驗，有一次他們想出了辦法，要女孩到街上的鄉立衛生所偷偷抄下牆上的視力檢查表，那些看起來像C的大大小小上上下下的符號，女孩認眞地抄寫，帶回家讓爸爸背誦，心想這樣就沒問題了吧！沒想到考試那天護士拿出的檢查表不是牆上那張，而是另一種E形狀的符號表，女孩的爸爸懊喪地胡亂指點著，大字第三排以下的他就看不清楚，沒想到竟給他通過了，眞是運氣。

不知道從爸爸眼中看到的世界是什麼樣子呢？女孩經常想像著，會不會是經歷了那顆砲彈的爆炸爸爸的世界從此變形，其實他眼中看到的事物與常人不同？如果是這樣，女孩懷疑自己其實也經過那樣的轟炸，不然爲何她看到的世界也是扭曲的？她身上遺傳了爸爸的瘋狂執拗，只是換了一種更甜美的包裝。在很小的時候她就知道，有一種人，光用眼神就可以不發一語使人自動投降。

女孩的爸爸沉默寡言卻有一種教人不敢忽視的意志力，彷彿他一旦決定了什麼就會不顧一切地做到。在他的腦子裡一定沒有「溝通」這兩個字，人群裡他總是不說話而在一旁聆聽，雖說是個看來老實忠厚的人，但仔細一瞧，他那雙跟一般人不同的眼睛裡閃露的光芒曲折難辨，好像有什麼。隱藏在他心裡逐漸扭曲變形似的。

他是那麼勤奮近乎拚命以至於身邊的人都感受一股莫大的壓力，一種窮人才能體會到的方式，企圖用自己的雙手翻轉自己階級的強大意志力，用一些不夠精明不夠世故的方式，近乎天真可笑地努力著。

女孩想要逃開那雙淒濛眼睛的注視，或者乾脆能夠進入他的視線裡看清楚他所企圖構築的世界，到底是什麼，那兒有個什麼凝望著她，彷彿時間剎那凍結在他眼中，灰濛濛的，有個白色的圓點，不斷旋轉著，女孩也跟著轉，一整個家庭五口人都被捲入那逐漸縮小的漩渦裡，逐漸下沉，終致消失不見。

車子平穩地以時速一百公里滑行在深夜的高速公路上，寂靜無聲的車箱，你凝視著前方，車窗外，不斷經過的大小車輛，往後飛逝的景物，不知道在想些什麼呢？我望著前方，應該說點什麼話讓我們都不至於瞌睡起來，但我沒有發出聲音，任腦海裡散落的念頭發展成具體的故事，幾年來許多小說都是在這樣的車程裡想像出來的。「想些什麼呢？」

你問我。

「沒事，我在想小說。」我回答，有些不好意思，應該陪你說話以免你打瞌睡了，但我經常這樣失神，即使你就在我身邊不遠處，我卻忘記你的存在。

是啊！無論在什麼地方，我經常陷入小說的情節裡，那是一個旁人無法奪去的世界，沉浸在想像中可以到達任何想去的地方。這許多年來我寫過許多長短不一的小說，眾多讀者揣想著我的長相、身世、性格，設法在小說裡尋找眞相，想要拼湊出我的人生，但我不知道有沒有能力描寫我自己，寫作就是爲了創造出另一個人生，無數個新的身分，在現實人生裡無法做到的，我都要在小說裡達成。

「要不要聊聊天？」你說。好啊！不過我暫時還想不出話題。

「那我說個笑話給你聽。」你隨口說起收音機或是網路上流傳的笑話，我總是輕易地就笑起來，眞好笑，哈哈哈，一兩個笑話消除了方才的沉默，但消除不了我們的疲憊。隨即我們又各自陷入靜靜的沉思。轉開收音機，無聊的談話節目伴隨流行歌曲的播放，音樂與談話聲打破了沉寂，不知道能不能紓解旅途的煩悶。

一整天繁忙的工作下來，我們都累壞了，早上出發的時候還可以精神飽滿談話說笑，晚上回程時卻都疲累得發不出聲音。

苦中作樂是我們最擅長的。搬離台中之後，一個月我會回來跟你一起工作四天左右，這幾天我們除了在公司裡整理手錶做內部工作，其他時間都在台灣中南部各地奔走，好像又回到了以車爲家的日子。銀色福斯T4加長型客貨兩用車是我們流動的家，長長的車箱裡裝載了貨物，我們在前座，交換著沒有見面時各自的生活見聞。我的生活裡都是寫作，你的生活裡都是手錶，可以使我們感到些許歡樂的是關於動物的事情，你的屋裡養了四隻貓一隻狗，我則是不再養寵物了，說說貓貓狗狗，家裡養的寵物總是有說不完的趣事。

是啊！分手兩年多，我們還在做手錶，命運總是把我們兜在一起。

時間轉到許多年前許多個夜晚。當時也是這樣的時間，那時我們還是戀人，一起工作一起生活也好像是家人，送貨的時候全省各地到處跑，也許是到屛東，或是去高雄、台南，冗長的車程回到家都晚上十二點多了。你收拾工作的細碎收尾，我整理著報紙上跟貓沙裡的屎尿，拿出飼料將三隻狗一隻貓餵飽，然後你在客廳喝酒看電視，我就進去房間裡讀書寫作，隔著其實不遠的走道，我們各自揣著心事，貓貓狗狗閒散地來回走動，或許只是五公尺的距離，將我們隔開，距離日漸擴大直至無法挽回，那時我們並不知道使我們日漸疏離的到底是什麼。

滴滴答答，屋子裡千百隻手錶指向不同的時間，滴答滴答，我們的生命因此無情地加速流逝。電子錶石英錶卡通錶男錶女錶大錶小錶，生活在一個充滿了時間的屋子，千百隻手錶消耗著電力指陳出時刻，數字、指針、刻度，分分秒秒移動、推擠、靠近、遠離、前進、後退，滲透我們的身體，把手錶換成鈔票，這是我們謀生的方式。

那是一棟透天三層樓建築，前面有車庫，後面有小庭院，月租一萬一千元，一樓當作工廠，二樓是住家，三樓作倉庫。起初沒有能力請員工，整個公司就是我們兩個，每次店家打電話來，「麻煩請會計聽電話。」對方說。「對不起麻煩稍等一下。」如果是你接的就把電話轉給我，若是我接的就把電話轉給你，用這樣的方式假裝公司有好幾個員工，有時候我們自己都很想笑，校長兼撞鐘，這是個迷你而克難的小小公司。

透明壓克力櫃裡裝置著數十隻整齊漂亮款式各異的新型手錶，我們把幾十個這樣的壓克力櫃裝滿貨車，在高速公路、省道、縣道上奔馳，一一送到店家，清點存貨，把舊的櫃子收回，換上新的櫃子，算帳、收錢，然後驅車離開。回家之後得把收回來的壓克力櫃子撢掉灰塵，噴上穩潔用抹布擦乾淨，把櫃子裡手錶已經賣掉空缺的位置補上新的手錶，把剩餘手錶上的污痕跟手垢清除，新補進來的電子錶卡通錶要調好時間日期，別上C型貨架，到時候可以補進新的櫃子裡出貨。拉拉雜雜繁瑣的準備工作三言兩語說不清楚，有一半的時間我們在家裡整理櫃子跟手錶，另一半的時間在公司與各地店家的送貨行程裡。你做的事情比我更吃重繁瑣，修理手錶、搬貨、到台北補貨、開車，我負責找店面寄賣我們的手錶，跟店員點貨算帳，跟會計或老闆請款收帳，在無聊的車程裡跟你說話解悶，在公司裡兩人一起整理櫃子。說起來很簡單，卻都是出賣時間與勞力做著瑣碎繁雜的事情，因爲路途遙遠，早上十點多出門，總是弄到晚上十一二點才回家。我們的日子不是以一天或一個星期爲單位，而是以每個路線一個月或兩個月爲單位，時間過得飛快，明明記得不是才剛去過某個店家嗎？怎麼還打電話來叫貨？仔細看著帳單上的日期，原來轉眼間已經過了兩個月。好像櫃子上印刷的店號，「賣時間」，忘記是你還是我想出這樣奇怪的名字，預言了我們的命運。

幾年前公司剛成立的時候，景氣仍是大好，隨便找間鄉下小店每個月都可以賣掉不少手錶，幾百間店家合起來就是驚人的業績。不過就是兩三年的時間，同行削價競爭，市場景氣衰敗，生意一落千丈，一下子就進入了冷凍期。

無論從哪個角度看我都不是個好員工，更不適合上班工作。表面上看起來很靈巧，口才也挺好，但因爲沒有現實感，對外界的反應都像隔了一層似地遲鈍，應該工作的時候總是心不在焉，出神分心想著自己的事情，想著小說的題材內容，老是算錯金額。有時候你會突然問我：「六減二等於多少？」「四啊！」我回答。「那爲什麼你在帳單裡寫著二？」這種事層出不窮，雖然數學不好，也不至於連簡單的加減都不會，錯誤都是出在我心急手快，有時根本沒好好想，隨手一寫就是錯的。算錯了帳就會有損失，遇到好心的店家會自己更正把正確的貨款補給我們，有些就不這麼好了，自己算錯自己認帳，我總爲了這些事情懊惱不已。你不是有意罵我但對於我這些「秀逗」的行徑感到多麼頭痛。

不知試過多少次，「一定要專心啊！」我告訴自己，但是腦子不聽使喚，或許是習慣使然，不經意地浮想聯翩，思緒翻飛無法控制，跟別人相處的時候看起來也經常是魂不守舍的，更何況是工作。我們做的是業務，每天面對的都是最實際的金錢進出，接觸的對象也只是在談論業務，抱怨那個客人又龜毛地把手錶來回退了幾次，明明已經戴舊了還要當成新貨退錢，說另一家廠商來跟他們談價錢對方的折扣比我們還低，不然就是要延長票期、刪掉尾數或是根本就想殺價，都是很實際的內容。可是好無聊，我知道人生就是這樣的，選擇了這工作我就應該負責認眞，但是那樣的時刻我特別容易恍惚，我望著對方的臉，並沒有看見他，聽見許多聲音話語，但沒有聽懂語意，或許這是我保護自己的方法，在我不喜歡的環境裡，我就讓自己離開。

彷彿在天空裡醒來，在這位於十四樓的大廈套房裡，躺在床上從占據整面牆的大玻璃窗往外遠望可以看見青綠的山巒，白雲層疊的藍天，站在窗邊垂首底下是人車川流的馬路，越過馬路可見一大片低矮錯落的房舍。這些舊式透天厝幾乎都在頂樓加蓋了違建，違建的樓頂都有紅白綠三色的鐵皮屋頂，幾種顏色交錯、高低不一的建物看久了逐漸目光撩亂，我俯瞰著那些老舊的住宅屋頂，以前住在豐原時我常爬到屋頂上吹風，也是這樣的鐵皮屋，那時候是綠色的。

我在台北我不在家裡，我已經三十三歲我不是十二歲，我在此時不在過去。

是的，我已經離去。

考上高中離開家之後的十幾年到處租房子住，我對住的地方挑剔極了，賺的錢有大半都花在住的上頭。我討厭跟別人分租公寓，不喜歡舊房子，怕吵怕髒怕亂，不知道的人以為我是什麼千金大小姐，其實不是，只是害怕任何讓我聯想起過去的地方。如今我搬到這棟大樓，這個地方有二十四小時保全，出入要刷卡，總樓高四十一層，六樓還有空中花園、小型游泳池、籃球場、乒乓球桌、迷你高爾夫練習場。其實又怎樣呢？即使在台北，閉上眼睛我都可以想見，年邁的爸媽為了錢奔波勞苦的樣子，早場晚場拚命賣衣服，甚至連過年都不休息，有時連著幾天下雨，兩個人在家裡望著天氣發楞，一日日逼近的票期，湊不到的數目，那些立刻就要兌現的支票款項把他們追逼得無法喘息。我好像可以看見你，一個人艱難地撐起那家公司，孤單地做著各種繁重細碎的工作，在漫長的車程裡默默地抽菸，爲了趕走瞌睡有時還會自己大聲地唱歌，那時候我並沒有陪在你身邊，我到哪兒去了呢？我在遠離你，遠離手錶的工作，遠離我的家人一百多公里的地方，在一個陌生的城市裡，關在一個看似高級卻清冷的大廈套房裡，不斷不斷寫著小說。一個月裡總有幾天我會搭著統聯客運回到台中，彷彿有誰在我們身後追趕那樣賣命地工作著，只有那時候我會陪伴你，是不是可以稍微讓你感覺到不那麼孤單呢？

好幾年的時間，我繼續跟你一起工作著，然後有一天我終於離開了那個地方。

「我不願意讓你一直責怪自己，不願意讓你總覺得是因爲開這個公司才讓你的家人陷入經濟危機，不願意看你把自己不斷地透支，這樣我們大家都痛苦。」「放過你自己吧！」你說，堅強的你哭了，這麼多年來你已經太累太累，在我身邊每個人都大大地累了。說穿了我只是個自私任性的傢伙。

你放我走，然後我就離開了，三噸半的卡車載滿我所有的書本雜物家具行李，往北部前進，台北就是我要去的地方嗎？其實不是，我只是想要離開那兒，找一個地方，專心地寫作。

你讓我離開，說是要讓我過屬於自己的生活，但我做了什麼，我都在做些什麼啊！我可以改變住所但我改變不了那麼多的苦難，我已經逃離那艱難的生活但我逃不了心裡的負擔，可以嗎？我可以一個人獨自離去而任我關愛的人仍在那可怕的生活裡嗎？

我在哪兒呢？時間滾動著時間，秒針追逐著分針，分針推擠著時針，一下一下，滴答滴答，其實屋子裡沒有任何手錶了，但我還是聽見那不斷不斷的滴答聲。

足不出戶待在屋裡寫這小說，一直寫著這些悲傷的故事我的心也不斷地下沉，有時脖子僵硬肩膀痠痛才想起自己好幾個小時沒有離開座位了，起身在屋子裡走動，伸伸懶腰，轉動手臂、頭頸，太長時間盯著電腦螢幕眼睛好痠疼，音響裡的CD音樂已經播完，這裡多麼安靜，是我一個人的世界，屋子整潔雅致，凝視著窗外，天氣晴朗，連著幾日的陰霾終於放晴了，隔著窗玻璃往下看，流動的車潮、疾走的行人、雜亂的房屋變得渺小，與我相距遙遠，隔音密閉窗隔絕著噪音，能不能也將我與混亂的世界隔開。在這裡，沒有誰會哭喊著他們的悲傷，沒有人訴說著他們的苦難，能夠賺到足以支付房租簡單生活費的錢就可以，不需要一直被龐大的債務追趕，我一個人，與他們無關。

眞的可以這樣嗎？我彷徨著。

搬到台北已經九個月，爸媽或許還以爲我仍住在台中，還在做手錶吧！他們心裡想些什麼我怎麼會知道，正如他們也不明白我的心思，相互不了解是我們維持下去的方式。或者是我從來都刻意地不讓他們了解以爲這是維持自由的好方法？自由，我怎麼懂得什麼叫眞正的自由。

幾個月才回家一趟，只是默默地一起吃飯，我就迫不及待地想離開，我害怕著，媽媽更老了，以無法想像的速度持續地老去，每次回家媽媽總是在生病，爸爸緊鎖的眉頭好像壓在他肩上的是整個房子的重量使他的身體逐漸歪斜。沒有人提及我的去處，那是一個不可以揭開的謎底，如果不說就好像不存在，然後突然間爸爸就說了：「這個月的票子還差十萬元。」我的心吼叫起來。

到底是誰的錯，到底發生了什麼事？經濟一日一日逐漸衰敗，夜市裡的攤位越來越多，但買東西的人逐漸縮住手不敢把皮包打開，失業的人滿街亂走，每個人的臉上都寫著愁苦，就在這樣的時候，一切都坍塌了下來。

你打電話來，說我爸媽要我回家商量事情。然後我回台中去，要處理這個月即將付不出來的支票，那是努力寫幾本書也湊不出來的金額，其實沒有辦法可想了，再怎麼省吃儉用也無法填補那日益擴大的空洞。

金錢的漏洞，比黑洞更黑，比空洞更空，將我們全部吞噬，咬碎，榨乾，擠扁，我們都體無完膚。

我怎能不絕望？

最初是一片善意，到後來成了每一個人的地獄。

原諒我這麼形容，寫下這些句子感覺到自己非常殘忍，那都是你的心血，我卻要形容得如此可怕，那麼多年的辛苦掙扎，你跟爸爸媽媽盡了一切可能地在維持，每次逃走的人都是我，我有什麼資格在那兒哀號？我不知道，每一個人的痛苦都在我身上留下疤痕，即使我已遠離，那傷口仍在每個不該想起的時候啃咬著我，我其實從沒有眞正地離去。

小時候原因不詳的破產，經過各種方式拚命賺錢還債，好不容易還清了，我大學一年級的時候，因爲店租越來越貴，我們當初開店的復興路，又因爲豐原的商業重心已經轉移到中正路而整個沒落，爸媽決定把服飾店收掉，搬回神岡鄉下老家，開始做起「流動夜市」。那時正興起這樣的流動夜市，有些人稱作「商展場」，黑白兩道都熟的人運用關係跟勢力租下一塊空地，募集各種行業的攤子，每個星期舉行一次商展，到處都有這種夜市商展，爸媽每天都在不同的地點擺攤，這是要繳攤位租金、清潔費的合法攤販，不用跑警察也不需付流氓的保護費，剛開始興盛起來時生意比開店還好。爸媽每個月農曆初三、十七還在東勢的菜市場租攤位，每個星期日在鹿港的菜市場也有位置，夜市跟菜市場的生意加起來整個收入不比開店差，慢慢地生活也改善了。那段時間或許是爸媽最好過的時候，以前開店整天都被店綁住，媽媽除了去附近的美容院洗頭，什麼地方都去不了，做商展型的夜市一個星期跑好幾個不同的地方，客人少的時候還可以到附近的攤子串門子，逛逛夜市，最好的是除了一個月六天固定的菜市場生意，大部分的時候白天他們都可以在家休息，有時候還可以跟夜市的朋友一起去郊遊烤肉。傍晚五點出攤之前，有一整個下午的時間可以過過「家居生活」，看起來已經擺脫了過去那種被時間追著跑的日子了，但我們家卻在我畢業兩年之後做了新的投資，再度陷入不斷軋票追錢的生活。

爲什麼超過能力負擔地投資那個事業？是爲了我嗎？爲了我這個看起來不切實際無法謀生的女兒，或是爲了可以轉行，年老之後不需再辛苦地賣衣服？爲了我的弟弟妹妹以後可以有工作？原本是個可以翻身的機會卻陷入更深的困境，到底發生什麼事情了一切開始逐漸失控，詳細原因已經無可追究。

原本我們在一家手錶公司當業務，那時生意正好做，做業務從公司收取的獎金跟分紅就不少，但因爲跟老闆有些不愉快，我們兩個都有點意興闌珊想離開。那家公司的老闆是我爸爸夜市的朋友，爸爸不知道爲什麼突發奇想覺得我們有能力自己開公司，大家商量之後決定一起投資，把原本我們跑的路線買下來，還增資了不少，其實那時候我們家根本沒有什麼積蓄，把一些會標下來，再跟爸媽批衣服的中盤商把現金結帳改成開三個月的支票，這一來就有一些錢可以運轉，總共投資了兩三百萬。那個時候手錶的生意很好，看起來很快就可以回本，所以雖然是冒險投資，投下的資本也超過我們能夠負荷，但爸爸還是毅然投下了。

我那時候在想些什麼呢？不知道，大家都說好的事情，我無法拒絕。當然也是沒有考慮清楚，爸媽跟你都對自己開公司充滿了希望與願景，我也覺得這樣對大家都好，爲了往後的生活，我對於再擺地攤賣衣服看天吃飯的生活也很厭煩了，原本在鐘錶公司當業務，上班的時候只要送貨，點數不多，每個月只要工作十幾天，可以賺錢養活自己還能一邊寫作，天眞地以爲自己開公司可以賺更多錢，改善家人的生活，讓爸媽早點退休養老。沒有想到工作竟有這麼多這樣繁雜，更沒有想到自己的性格其實無法應付這麼繁重吃力的工作，就這樣大家歡歡喜喜地投入了開鐘錶公司的工作，那時我們都沒有想到，這竟然是噩夢的開始。

眞的好忙，想像不到的忙碌，眼睛睜開的時候都在工作，整理手錶，找願意寄賣我們手錶的店面，一開始沒有多餘的能力可以聘用其他員工，我們兩個分身乏術做到沒日沒夜。

軋票軋票軋票，就怕現金不夠馬上跳票，我看到支票手都軟了。生意好的時候不斷增資，生意掉下來的時候就咬著牙軋票，千萬不能讓票子跳了，但是收到的帳款卻有跳票的，人去樓空，只剩下一張芭樂票，告他也沒用，眞是雪上加霜，夜市的生意又一日不如一日，貸款的利息，標會的利息，賤賣衣服換現金根本沒賺頭。又開始了，我們做手錶，爸媽賣衣服，方式不同，但都爲了命運相連卻互不了解的營運方式而繼續打拚，追錢追錢，我那時滿腦子只有這兩個字，我跟你都沒拿薪水，我所有的存款、版稅、補助、演講費、稿費，全都丟進去了，幾十萬幾十萬這樣投入，咚一聲，不見了。更多的投資，更努力地工作，好像有什麼地方出了差錯但是一時間還找不到解決，窮人用的窮方法，看起來像在做生意，其實只是勞動做苦工，只是徒然。

或許是因爲我不夠努力，總是疏離著，因爲感情上的變化，影響了我跟你的生活跟工作，安定下來是多麼不容易，我以爲可以，但其實做不到。

我怎麼會不知道你苦，在一起的五年裡，無論生活多麼艱難辛苦，你始終陪伴著我，當我任性地想要罷工、身體不舒服在家休息時，你依然咬著牙苦撐，每天超過十幾個小時的工作，沒聽過你抱怨，但我卻執意要離開。其實我是多麼地傷心，但我就是不能靠近家裡這麼近，不能跟他們有如此密切的關連，我知道一開始我就應該阻止但我阻止不了。

所有的事情都回來了，比當年更加複雜，更令我痛苦。

但我阻擋著不讓你知道，許多次我都想要離開，並不是因爲不愛了，那麼多難以言喻的矛盾情緒，我不知道爲什麼會走到這樣無法控制的局面。

我不是自己想像中的那種人，好情人、乖女兒只是個假象。
想要離開，我沒辦法維持，無法繼續這樣工作，花去太多時間，我身心俱疲。

沒辦法了，我根本就不是可以這樣工作的人，體力精神被榨乾，腦子也空了，甚至比之前賣衣服每天趕場還要耗費心神體力。雖然我還是每天利用晚上的時間寫作，長期的熬夜，體力透支，我什麼創作力都沒有了，連原本最擅長的，利用各種空檔想像事物的能力好像也消失了。有兩年的時間裡我什麼作品都寫不出來，不能寫作讓我無比地痛苦，或許不是因爲賣手錶的緣故，也不是因爲工作太忙太勞碌，純粹就是江郎才盡了。但沒有了寫作我失去了支撐力，想不通自己爲什麼要這樣辛苦地賺錢。

我一直以爲自己是爲了寫作才願意這樣努力賺錢，就像你經常安慰我的，等存夠了錢，以後不用再擔心生計，就可以安心地寫作了。然而我卻等不到那一天，怎麼會有那一天呢?長期以來我一直賴以維生的就是不斷地寫著許多許多故事，沒有寫作我不能活。是因爲寫作支撐我度過每一個艱難痛苦的時刻，創作的焦慮、瓶頸，每個作家都會經歷，但那時候的我不懂，不能寫作之後面對著越來越多的工作，一刻不能停的經濟壓力，我一下子整個崩潰。

想逃啊！我應該要換的是新的工作，我卻換了新的情人。

「失火了。」有人大喊著。睡夢中被消防車的汽笛聲驚醒，有人用力搖著女孩的身體，「快點起來，失火了。」女孩睜開眼睛，是爸爸在喊她，四周都很黑，爸爸拿著一隻手電筒，拿著手電筒照亮她的眼睛，搖曳的微弱光線中看見爸爸的臉色好驚惶，「收拾東西，快點，火快要燒過來了。」

女孩跑到樓下，外面黑壓壓擠滿了人，停電了。她還記得那天是中秋節，颱風過境，晚上的時候突然無風無雨，大家都說進入颱風眼了，所以看不到風雨。她還記得那晚仍照常做生意，鄰居在騎樓烤肉，炭火跟燒烤食物的氣味好香，隔壁的阿姨還拿了烤香菇跟雞肉串來給他們吃，爸爸跟媽媽都喝了酒，入夜的時候店鋪都休息，大夥聚集到那個大型烤肉架前面，熱鬧地分食各種美味的食物，她第一次看見爸爸喝酒，有些高興地把珍藏的大陸酒都拿出來請大家喝，活動一直持續到停電仍不止息。然後起了風，很大的風把炭火星子吹得到處都是，有人給了女孩仙女棒，女孩望著那燃燒的細鐵棒不斷跳出星星形狀的小火花，跳躍著，閃爍著，好多年沒有這樣慶祝中秋節了。其實那時候她已經上高中一年級，正在談戀愛，那天不用上學，放颱風假，但是沒有風雨所以撿到了一天假期，白天跟喜歡的人一起去看了電影，孩子氣的身材跟臉蛋使她看起來還像個國中生，或者更小，她用兩手緊緊握著那枝仙女棒，擔心那麼燦爛的火光會把手心震碎，更多更多火光跳躍飛舞。然後是半夜了，原來著火的是對面的竹筒巷，那條熱鬧狹窄古老的巷弄乘著金紅色的魔毯整個飛升起來，幾乎就要落在她面前，劈哩啪啦到處都可以聞到木材鐵皮塑料爆裂的聲響，散發出燒焦的氣味，不可思議地整個天空都染成火紅金黃發亮，女孩穿梭在擁擠的人群裡疾走，發生什麼事情了，好大的風把一切都吹得零零落落。「失火了。」人們此起彼落地喊著這個句子。「快點搬東西啊！沒多久就要燒到這邊來了。」「怎麼辦怎麼辦？

要從哪兒開始搬起？」喊叫的這人是她媽媽。

天色越來越亮了，沒有下雨，強烈的風勢將巨大的火舌吹得如同舞動的蛇信，那時火勢已經從竹筒巷蔓延到隔壁，燒掉了幾間服飾店、皮鞋行，不可置信的長長的火蛇不斷蜿蜒吞吐向女孩家的店鋪撲來。

爸爸拉著女孩的手，「你是姊姊，帶弟弟妹妹上樓，把重要的東西收一收，趕快下樓，如果火燒過來我們立刻就走。」女孩有些聽不懂，妹妹已經開始動作了，他們三個孩子就爬上鐵製樓梯到閣樓，要收拾什麼呢？重要的東西是什麼？拿出書包裝好課本，把制服也塞進去，還有皮鞋，還有，妹妹打開窗子爬上隔壁的屋頂要拿她種植的小盆栽，還有，妹妹收集了很久的郵票本，她自己用火柴盒做成的迷你屋模型，弟弟用袋子裝了好多好多玩具，女孩要收什麼呢？她開始搬書，爸爸幫她親手做的大書架上擺滿了她辛苦存錢一本一本買來的小說，這就是重要的東西。妹妹抬起頭對她說，「你搬書要做什麼？那個太重了。」有些生氣地把她裝進袋子裡的書本都扔到地板上。

到底什麼是重要的呢？她不知道，拿了那個書包往樓下跑，眞正重要的是樓下的那些衣服吧！是這個小小的店鋪，好不容易才還清了債務，接下來就可以開始存錢，以後或許可以在豐原買一間屬於他們自己的房子，像妹妹許多次畫在紙上的那樣，有三個房間，客廳跟廚房。也許很小，但不會比這閣樓更小了，那麼已經賣掉的鋼琴有地方可以擺放就可以再買回來，她跟妹妹可以睡一間房，爸爸媽媽也會有自己的房間，弟弟還小但他是個男孩子應該要有屬於自己的地方。就是靠這個小店鋪了，他們的生意很好，這麼辛苦努力以後還會更好，就是這家店鋪，曾經讓她好痛恨的地方，無論是擠滿了客人或是空蕩蕩地等待著第一個生意上門，女孩曾經對著爸媽大喊，「我不要，我不要賣衣服，我要讀書！」恨不得眼前的一切都消失，再也不要看到堆滿衣服擁擠著人群的場面，再也不要每天都張望著到底會賣掉多少衣服，可以有多少進帳，再也不要生活裡只有做生意賣衣服賺錢收錢打包吆喝。或許女孩曾經幻想過一把大火燒毀了這個小店讓一切她恐懼的事物全部消失，然後她的幻想突然要變成眞的，這個小店，是她們賴以維生的東西，此時卻即將因爲一場大火而全部毀滅，女孩驚慌失措，彷佛一切都是因爲她的想像而導致無情的災難。

女孩看見爸爸正拚命地把衣服打包裝箱，塞進那輛藍色福特全壘打五門轎車，媽媽不斷地把衣架上的衣服從牆上的鐵桿子上取下來，一件一件塞進橘紅色大塑膠袋裡，一不小心吊掛衣服的衣架子從鐵桿上掉下來打到了媽媽的頭，媽媽突然用力把橘紅色塑膠袋扔到地板上，開始哭了起來。

「完了完了，失去這家店我們就完了啊！」

媽媽像個孩子那樣坐在地板上哭，身上還穿著粉紅色有蕾絲的睡衣，那件睡衣的裙襬已經脫線散開，垂下一條長長的花飾車邊。

然後她聽見大雨落在鐵皮屋頂上啪答啪答的聲音，彷彿敲打著全世界最大的鼓，那樣啪答啪答啪答啪答響動起來，然後她聽見歡呼聲，媽媽還在啜泣著，消防車的汽笛依然鳴響，「下大雨了。」有人大喊。

颱風夜，中秋節，一場大火，和前所未有的暴雨。

而那夜，火勢在延燒到他們家之前，被雨勢及消防隊撲滅了。

你在客廳喝酒而我看電視，帶回來的筆記型電腦擱在桌上但我不去碰它，其實有下個星期就要交的稿子還沒有完成，但我無法專心。把出版社預付的稿費領出來交給你，希望可以多少幫得上忙，雖然這麼一來我的銀行戶頭只剩下一個月的房租，接下來的生活費就沒有著落了，你不要拿我的錢，「如果還要把你繼續賠進去，我這樣做還有什麼意義？」你說。

「下個月我就會有新的稿費了。」我回答。「眞的沒關係，我只是想要幫忙。錢再賺就有了。」

「你這樣下去，以後的生活要怎麼辦呢？」你的聲音哽咽著。

那個晚上我們爭吵了，爲了處裡債務的方式意見分歧，我好像說錯話傷害了你，分手之後很久沒有這樣爭吵，好像又回到以前在一起的時候。對於工作跟我們家之間的糾葛，讓你陷入難堪委屈的處境，我跟家人那種可怕的依存關係，我無法控制地不斷把自己掏空而仍心存歉疚，我的歉疚感讓你感覺到壓力，我們經常爭吵，無數次的冷戰，開始說話就會刺傷彼此，環境的複雜艱難讓我們無法照顧對方的心情，你越來越沉默，而我只想逃跑。

然後你哭了，說了什麼我聽不清楚，我都不懂了，爲什麼人生這麼苦，打開窗子我只想往下跳，拚命努力了這麼多年，爲什麼還是有還不完的債務跟軋不完的支票，我拖累了你，還讓你覺得被冤枉。

不是這樣的，我明白你的用心，沒有你支撐著這公司早就倒了，不是你的支持我也沒辦法獨自到外面去生活，許多話語說不清楚，說得更多誤解更深，眞的不是這樣，我無意要傷害你，我只是想解決問題而已。

盤根錯節的關係，一個連接一個，把我們全部糾纏在一起，大家都盡力了但不知道爲什麼卡在一個無法解開的環節裡。我看著你的臉，從小到大，你是我生命裡最重要的支杜，分手已經多年，但你仍在一定的距離以外守護著我，我都知道，解除了愛情關係你仍是我生命裡重要的人，但我卻傷害了你，或許我的存在對你來說就是一種沉重的包袱，我背上扛著的重擔是你幫著我我才不至於倒塌，但我們該怎麼辦呢？

什麼時候天空會突然降下一場及時雨，把即將釀成災禍的大火澆熄呢？這麼多年來的苦難，什麼時候才會過去呢？

你的眼淚緩緩掉落，然後一隻小貓跑過來，跳進你的懷裡，你溫柔地撫摸著牠小小的身體，臉上仍是模糊的淚水，那時候我聽見牆上的掛鐘滴答，滴答，滴答，會不會是大雨已經要落下了呢？我轉頭凝視窗外，遠遠地看得見對面KTV的霓虹燈，和更遠處的燈火，沒有下雨，轉頭看見牆上的掛鐘是電子式的，跳躍著數字，不會發出滴答聲，那聲音是從哪裡傳來的呢？

滴答。

滴答滴答。

滴答滴答滴答。

我側耳傾聽。

才發現那是從我胸口發出來的，一陣一陣，心被撕裂的聲音。

之四
帶我去遠方

她剛上小學的時候，媽媽還在家，上半天課的日子，放學跟著路隊走二十分鐘路回到家，不往家裡去，先到鄰居家串，不是在村子入口的阿公家就是往隔壁收驚阿婆家跑。

在阿公家幫忙「穿網子」，一種把羽毛球拍拍面的尼龍繩線穿上綁好的加工，幫忙穿網子就可以聽阿公講故事，還有牛奶餅可以吃。這個阿公不是她的親生爺爺，她自己的爺爺是被收養的，阿公才是曾祖父家的親生子，算起來他們也是親戚。阿公家是大地主，林園田地多得數不清，這個竹圍內的小村落放眼望去都在他家的產業範圍，但是阿公每天還是在家裡做「穿網子」的加工。七十幾歲的阿公目不識丁，但頭腦可精明得很，耳聰目明、勤儉持家，家裡的任何開銷都要經過他批准，兒子媳婦孫兒孫女哪個心裡在想什麼他全有數，把一大家子人管理得好像軍隊一樣整齊有序，雖然家大業大，但家裡吃的用的簡樸得好像三級貧戶，爲的是怕富不過三代，他不讓兒孫有奢華氣息。

白天他除了下田、養豬、種菜，剩餘的時間自己在家裡做加工，傍晚之後就讓他放學的孫子夥著鄰居小孩一起幫忙，阿公兒孫很多，再加上一些鄰居的孩子，看起來就像個小型加工場。阿公坐在有靠背扶手的老舊藤椅上，孩子們各占一張木頭凳子圍著阿公坐成一個大圈，阿公一手扶著羽毛球拍的木製框架，另一手拿著尼龍線，先穿過框架上直排的小圓孔，大約做出十條到十二條直線，然後將線從側面的小圓孔一上一下穿過那些直線編成橫線，如此縱橫交錯，穿好之後用鑽子一條一條扎得緊實，然後把多餘的線頭剪斷，很快就做好一個球拍。阿公雙手俐落地動作著，一邊說著故事，《三國演義》、《水滸傳》、《七俠五義》等等，阿公講的都是些忠孝節義的故事，孩子們聽得認眞，手上的動作也不能停，每個人也像阿公那樣一手扶著球拍一手穿線，稍微有人打混偷懶了，阿公就會閉上嘴巴不肯再講，那時候大家只好跟阿公求情了。

有時女孩不去阿公家，忠孝節義的故事聽膩了，或是懶惰嫌累不想穿網子，就到收驚阿婆家玩，那兒也有故事聽。那個阿婆就像傳說中的虎姑婆，住在一個種滿竹子跟花草樹木的小院落裡，阿婆的屋子就在女孩家的旁邊，但隔了一個老舊的木門跟高高的磚牆，好像是另一個天地。阿婆家的大廳裡供奉著不知什麼神像，從天花板垂下的大盤香隨時都是點燃的，一年四季煙霧繚繞，供桌上左右兩座巨大的紅蠟燭蠟淚成堆也不清除，香灰散落桌面與地板，空氣裡充滿了香灰跟煙塵，屋子裡老是陰暗暗的，燭影搖曳。在光亮的地方仔細看，阿婆其實長得也挺和善，胖敦敦的笑臉，講話喜歡噘著嘴，但在光線忽明忽滅的時刻，阿婆矮胖佝僂的身影，常常神出鬼沒的，總不清楚阿婆從屋子裡哪個角落出現，突然就在孩子們身後了，有時也沒瞧見她人，只聽見她粗啞啞的聲音在唸誦著什麼經文咒語，在陰暗中看起來就有點嚇人。不知誰開始喊她「虎姑婆」，一傳十十傳百就這麼叫開了。

阿婆很會講故事，她最愛講「神仙鬼怪故事」，虎姑婆、《白蛇傳》、目蓮救母遊地府、七仙女、《聊齋》、《西遊記》，天庭上的神仙個個她都如數家珍說得活靈活現，阿婆的專長是幫人收驚，這附近出了名的收驚婆就是她。以前的人晚上睡不好、身體有莫名的病痛、小孩子長不高養不胖，甚至母雞不下蛋豬隻養不肥之類的事，都會來找阿婆收驚。當然最多的還是媽媽或是阿媽帶著兒孫來，順便還把先生的衣物帶來，無論是本人或只是衣服，阿婆都能表演似地來上一套「收驚秀」，把一些米粒混著香灰包在空的鐵罐頭裡，用被收驚的人的衣服包住，如果本人來了，阿婆就會拿著那米粒罐頭在被收驚的人頭上轉圈，嘴裡唸著「天靈靈、地靈靈……」什麼的一大串神仙的名字，如果本人沒來，那米粒罐頭就對著空中打圈，咒語都是一樣的一套，只是名字改了。阿婆聲音壓得很低說得很快，又不許人湊近了聽，女孩總是聽不懂她說話的內容，只記得儀式最後阿婆會喊著那人的名字，「某某某回來囉，某某某回來囉！」聽起來就是在召喚被驚嚇而離去的靈魂，這一聲聲叫喚喊得又響又亮又急促，一旁的孩子有的還會跟著喊，「某某某回來囉！」

小小的院落裡迴盪著那聲響，某某某，回來囉！多喊幾次，離得再遠的靈魂也找得到家的方向。

女孩的父母不信神，也不喜歡這些民俗傳統，所以她從來沒有被阿婆收過驚，但她好喜歡看阿婆搬弄這幻術，她常在這屋子裡晃，阿婆手上的活忙完就會講故事，女孩來了就幫忙打掃庭院、整理屋子之類的雜活，在神壇前面幫這幫那的，看起來眞乖。逐漸地女孩聽了很多故事，雖都是些神鬼精怪的，常常晚上會作噩夢，但是，女孩依然常常跑到阿婆那邊玩，而且一去就流連忘返，總是得等到爸爸從三伯的木器工廠下班回家，媽媽做好晚飯，三催四請才把她喊回家，有時她甚至就在阿公或阿婆家吃晚飯了，弄到七八點鐘才回家。

但媽媽離家之後女孩就不去阿公或阿婆那邊玩了，鄰居們的閒言閒語，小孩子有意無意的嘲弄，彷彿他們一家已成了村子裡的笑柄。她無法忍受被當成遭到媽媽遺棄的孩子，討厭人們無情而惡意捏造不實的傳言，沒多久以前大家都還是好鄰居，爲什麼一轉眼就變成了餓狼貪婪地吞食他們家的悲劇？在那封閉的村莊裡，發生任何値得八卦的事都會被弄得驚天動地，更何況什麼房子被查封、妻離子散的大事。

女孩不要看見熟悉的人那麼醜惡的樣子，於是她不再到鄰家去串門子，也不跟隔壁的孩子來往，最使她難過的是她一下子失去了那些聽故事的日子。

星期三下午第三堂的說話課，女孩會上台講故事給同學聽。起初是每個同學輪流上台，「隨便說點什麼吧！」老師說。你推我讓大家都不想上去，老師只好指定，被點名上台的人互相推託百般不情願，胡亂說點瞎編的笑話、讀書心得就匆匆下台，台下大家倒是七嘴八舌聊得很開心，說話課就是這樣。但自從那次輪到女孩上台，她說了一個鬼新娘的故事，同學們反應好熱烈，老師說：「下星期你再講一個吧！」之後一整年，每次的說話課都是她上台，老師同學全都聽得入迷，到後來連隔壁班的同學都會過來一起聽。起初講的是媽媽以前告訴她的童話故事，後來是阿公跟阿婆那兒聽來的民間傳說，等到聽來的故事跟傳說都說完，女孩開始自己編造，這讓她有更大的想像空間能夠發揮，她從來不知道可以把自己腦子裡那些奇怪的念頭變成吸引別人的故事，學校裡都流傳著某年某班有個很會說故事的女孩子啊！女孩享受著這樣的時刻，張開嘴巴啓動頭腦她進入了一個魔幻神奇的世界，有時她講得渾然忘我根本沒有注意到台下有人在聽，她是爲自己講述這些故事的。

那時候她國小六年級。

女孩經常想像在台上說故事的人其實是她的媽媽。記憶中媽媽曾經這樣對她說過許多動聽的故事，媽媽在白紙上畫出人物，一個一個爲他們創造身分與性格，安排情節。那時候她還沒上國小，爸爸在三伯的工廠當木匠製作家具，媽媽在工廠幫人煮飯，兼賣一些麵包餅乾之類的。媽媽做事的時候她就幫忙看顧剛會講話的妹妹，跟搖籃裡還是個嬰孩的弟弟，媽媽說她是個能幹的小幫手，勤快、靈巧、嘴甜，工廠裡的叔叔阿姨都喜歡她，下了班媽媽就在家裡做加工，車衣服縫雨傘做梳子編草帽，什麼東西都有需要加工的地方。媽媽還自己煮了綠豆湯紅豆湯裝進塑膠封口小袋裡凍成冰棒賣給鄰居的孩子，爸爸去豐原市集裡批來的各種「抽糖果」，女孩精明地設法把鄰居的孩子哄騙回家，要他們買媽媽做的冰棒，花一元五角玩抽糖果的遊戲。媽媽給她最好的獎賞就是講故事，「沒見過那麼喜歡聽故事的小孩。」媽媽總是這麼笑她。前前後後地跟著，像個牛皮糖似地黏人，爲的就是聽媽媽說故事。許多年後女孩在說話課上把那些故事說得更複雜更精采，但她腦海裡記憶的仍是媽媽說故事時的神情，似笑非笑的嘴角，說到關鍵時刻故意的拖延，模仿不同角色的口吻聲調，說到開心時手舞足蹈，悲傷時甚至會流下眼淚，其實聽眾只有她一個，但媽媽表演得多麼認眞。許多年之後她已忘卻那些故事的內容，只記得媽媽微瞇著眼睛專注的樣子，小小的嘴巴開開合合，戲劇化的動作，充滿魅力的聲音表情，她愛慕依賴著眼前這唱作俱佳的媽媽。她知道是媽媽、阿公、阿婆這些奇特的人用一個又一個故事餵養著她，讓她長大成爲一個用文字說故事的人。

那是她生命裡最美好的時光。

可惜全部都失去了，一夕之間，她失去的不只是媽媽，而是整個童年的回憶。

如果事情一直平順地走下去，她會變成一個怎樣的女孩呢？不知該如何想像，搜索著記憶，如果她只是個木匠跟廚娘的孩子，或許不會變成一個作家吧！媽媽離家之前，還沒上學的時候，記得自己好活潑，滿山遍野跑，跟男孩子打架，一分鐘都安靜不下來，應該可以長成一個比較健康開朗的人。但她又那麼事事好奇，喜歡跟班似地聽大人講話，到各家去串門子，想像力特別豐富，腦子裡堆積了大量的故事，好像就是適合來寫故事的人，誰知道呢？沒辦法比較，無論如何，如果不是欠了那麼多債，如果媽媽沒有離開，如果不是一個接一個無法停止的錯誤，她心裡就不會有那麼多的傷痛吧！不知道，沒有人可以回答這個問題。生命無法重來，不能比較，女孩不知該如何思考，有一天，她無意搭上某輛失控的列車，再也無法下車，只好任著疾行的車箱一路駛離軌道，載著她衝向無法預知的地方。

這個穿著泛黃汗衫、塑膠夾腳拖鞋的中年男人牽著一個小男孩，想必是個妻子離家出走正在失業中的男人，身上散發出濃重的酒味，妻子一定是因爲不堪他暴躁的脾氣而離家出走；那個頭髮蓬鬆身著鵝黃色洋裝手提繡花包包的女人，前額的頭髮吹得好像飛簷似地高聳，應該是剛從美容院出來趕著回家看晚上八點檔連續劇，她身後一公尺的地方有個瘦高的年輕男子亦步亦趨地跟隨著，應該是她鄰居雜貨店的老闆，他們常趁著女人去買日用品的時候在無人的小倉庫裡偷情；那邊走過來一位衣著潔淨高雅的白髮老婦，走路的樣子好像右腳輕微萎縮，會不自覺地往右邊傾斜，她身邊穿著白色高爾夫球裝的老人體貼地扶著她，這對感情恩愛的老夫妻應該是女孩失散多年的爺爺奶奶，他們每天晚上都會到這個當年孫女走失的鬧市裡尋找，經過女孩面前時他們注視她的樣子一定是覺得有些親切，感覺有些面熟，但不敢確定，女孩幾乎就要失聲喊出：「就是我啊！認出來了嗎？快點帶我回家。」

不管是顧攤子還是看店，客人稀少的時候，女孩都會陷入恍神狀態，望著成堆成疊的衣物發呆，好懶得招呼客人，就讓稀落的人們經過攤子前面也不設法留住。她仔細觀察著每個經過眼前的行人，想像他們的身分，幫他們編造故事，更多的時候女孩都在找尋親生父母或是祖父母，她知道自己不是孤兒，更非某戶人家走失的孩子，她臉頰上明顯的雀斑、細瘦的手腳多麼酷似她的母親，她的臉型、眼睛活脫就是父親的翻版。但她還是尋找著，每天，她都幫自己捏造一個身世，什麼樣的情節都好，只要不是現在她自己所擁有的這個。

「帶我走。」

女孩對著三三兩兩路過身旁不知名的陌生男女喃喃自語，但沒有人聽見她發出求救的訊息。

「帶我走。」我呢喃著，你沒有聽見吧！搭上了你的車，不知道你要帶我去什麼地方，當年沒有帶我走，現在我也無法跟隨你，我們已經錯過可以相愛的時機。但我還是上了你的車，你轉動方向盤，車子向前奔去。

眼前是一望無際的漁田，傍晚五點鐘，我們並肩坐在堤岸，好安靜，只聽見輕微的水流聲，間或有魚從水裡躍起濺起水花的潑灑聲響，遠遠一艘電動漁筏緩緩駛近，穿著單薄衣衫的長者，獨自在漁筏上，在這廣大的漁田裡巡迴。你脫下球鞋當枕頭躺下，靜靜地望著天空，很久的時間我們沉默著，彷彿話語會將這寧靜打破，我起身，在堤岸邊來回走動。在城市裡住久了，被各種嘈雜的聲響占滿，經常地覺得心裡很喧鬧，在這時刻，好像清空了聽覺，發現自己可以聽見很細微的聲音，一直慌亂的心情逐漸平穩下來，或許是因爲你在身邊的緣故。

後來你也起身坐著，我停下腳步在你旁邊坐下。下午的豔陽逐漸消退，起風了，有點冷，我抓緊外套，把頭靠在你肩上，你伸手摟住我，不發一語，應該有很多話要說，但是我們沒開口，久別重逢，我心裡滿滿的聲音發不出來。你想些什麼呢我不知道，我們從兩個不同的世界裡出走，這是另一個短暫的假期。

終於見到你了，經過了多少時間，幾百個日子輕易地飛逝，眞的好久了，看見你的時候，已消失的時光擁擠到我跟前，這中間發生了多少事啊！重逢時我已經面目全非，你看見的是什麼樣的我呢？與你相處的細節，在洛杉磯那個安靜地被樹木花草環繞的小屋子，曾經一起度過許多個晨昏，那些日子都來到我眼前對我訴說著，多麼想念。

輾轉著時間，安靜地，任一切從眼前飄過，把我裝進你的背包，帶我去遠方。

從台灣的南邊出發，你說帶我去走走，順便送我回台中。這一走走了一百多公里，不走高速公路，走省道，經過各種小鄉鎮，其實這些地方我都熟，以前送手錶的時候台灣各大小地方我都走遍，遇到好玩的地方就下來走走，吃吃東西，晚上累了就找家汽車旅館睡覺。以前在美國時也是這樣，你是四海爲家的人，因爲工作的緣故我可以很長時間坐車，跟你一起的時候我把自己交給你，天涯海角，我只是想脫離目前的處境。

不去什麼風景名勝，也不吃什麼地方名產，我們開著車子前進，走走停停，這是兩天的假期，我們放下各自的工作與生活，溫習著斑駁的記憶。每次來找你都是最混亂痛苦的時候，你不會安慰人，安靜地開車帶著我到處轉，其實在你身邊我就能得到暫時的休憩。

當時在美國拍的照片，放了兩年多都沒有拿去沖洗，或許底片已經壞了我不確定，許多次我想要寫下關於你，但沒有勇氣，距離太近我無法處理，我連看照片的能力都沒有。有時我會將裝有底片的黑色小圓筒拿出來把玩，讀書寫作不順利無聊的時刻，在凌亂的桌面上滾動這些小圓筒，一共五捲底片，拍的什麼內容我已經不記得了，或許有在葛裡菲斯公園打鼓一直把我當成韓國人跟我講韓國話的老黑人，還是另一旁帶著小孩子去騎迷你馬的墨西哥人，漁人碼頭的那些懶洋洋的海豹，Echo Park 山坡上奇奇怪怪的小房子，還是公園裡散落的墨西哥家庭，推著小推車就可以賣東西的人，小小的黑色圓筒裡裝載著我們短暫而深邃的回憶。

在美國，你去上學的時候我都在屋裡寫這個小說，做了簡單的午飯，吃完飯喝咖啡，到院子抽菸，然後就開始寫作。有時寫得很順一天寫好幾千字，有時候怎樣都寫不好，滿屋子到處亂走，跟小狗玩，坐在電腦前面發呆，書桌旁的玻璃門正對著後院，長滿各種植物樹木的院子常有各種鳥類棲息，左邊高大的松樹上住著一隻松鼠，牠常跑下來找東西吃，兩隻短短的前腳抱著松子核果的嘴巴拚命啄食樣子好可愛。我總是這樣坐到天色昏暗，把桌燈打開，也許並沒有寫出什麼，但我的思緒飄浮到遙遠的過去，挖掘著眞實或虛構的記憶像小狗挖掘久遠前埋藏在後院泥土裡的骨頭，有時你回家了我不知道，看見你推開房門走進來我總是一陣驚喜。

我並不知道自己爲什麼開始寫這個小說，其實我原本只是想跟你說一些故事，無論是我發生過的或是我創造出來的故事。你喜歡聽故事，我喜歡說，喜歡寫，遇見你之前有一段時間我已經不再寫作了，並沒有特別的原因，或許只是沒有故事可以寫吧！

無法忘記的是我們到墨西哥玩，沿著山坡建造的那些大大小小破落的屋子，貧窮的人們，市集裡各種營生買賣的小販，酷似台灣南部的某些城鎭。我們的後車窗被打破，沒有什麼貴重物品，你的停車證、水壺、我的外套和一些小東西被偷走了。回程時經過邊境，檢查護照，一直有各式各樣的人來敲我們的車窗，兜售各種東西，地毯、手工藝品、墨西哥披風，那時我捧著一大杯還沒吃完的玉米片，上面澆淋的起司醬把玉米片弄得軟稠黏答，一路上已經吃過好多東西，捧著那還剩大半杯的玉米片手好痠。不是很繁雜的入境手續，但還是延宕了一些時間，有兩個小女孩來敲我們的車窗，一頭一臉的髒污，說些什麼我聽不懂，後來才知道她們是要我手上的玉米片，追著車子，不斷敲打著車窗，一直指著我手上的紙杯大聲喊叫著，我搖下車窗，想給她們一些零錢，個子比較高的女孩竟一把就搶走了我的玉米片，走沒多遠，兩個小女孩就在馬路旁邊爲了那杯玉米片大打出手，身邊好似她們母親的女人抱著一個嬰兒繼續去敲打下一輛車的窗子。

我手心裡還握著幾個硬幣，但不知要拿給誰，太多貧窮的人擁擠在我身邊，我沒有辦法分辨。

那個女孩子會是我嗎？不是的，比起她們，我那一點可笑的經歷算什麼。

在車子裡我們很少交談，大部分的時候我都望著窗外，任思緒如車輪下的塵沙一路翻滾追逐。「說說你上次沒有說完的故事。」你開口說話，我嚇了一跳，那是兩年前的事情了，上次我說了什麼？

把故事接上，愛情就會回來了嗎？我搖搖頭，不曾發生的也就不會消失，我還是發出聲音喃喃對你訴說，這樣很好，這次該離開的人還是我。

聽聽看什麼聲音？女孩搖晃著一個裝有喉糖的黃色圓罐子，匡噹匡噹，用力搖晃，把耳朵貼在罐子上聽，再搖晃幾下，她想把罐子裡黏成一大團的喉糖敲開成一小塊一小塊，這種喉糖就是這點討厭，開封之後遇潮很容易融化就黏成一團，匡噹匡噹，女孩拿起罐子往牆上敲，好像聽見幾塊喉糖剝落了，女孩開心地打開罐蓋，倒出了幾顆在手心上。

攤子前面擠滿了人，女孩用力穿過人群來到攤子前面，「吃喉糖！」把手伸給媽媽。「還不快上來。」爸爸在一旁說，大聲吆喝、跟客人討價還價之類的都累，傷喉嚨，也不知道吃這喉糖有沒有用，但是女孩喜歡找理由下台，去倒茶水，換零錢，拿喉糖，趁機會溜達一下。

無論是擺攤還是後來開店，女孩家的生意總是特別好，整個攤子或店面都是人滿爲患，甚至還會有人被推擠得慘叫。那樣的盛況幾年之後就不復存在了。

賣場的平台猶如大廟前野台戲搭建的舞台，白天夜晚日日上演精采的劇情。爸媽拚命地叫賣吆喝，常常因此啞了嗓子，女孩總是要幫他們準備羅漢果茶、枇杷膏、喉糖之類的東西保護喉嚨，等到無論用什麼方法他們都沒辦法發出正常的聲音時，女孩就一定要上場獨挑大梁了。平時有爸媽在旁邊，尤其是有媽媽在台子上，她只要在一旁幫腔就可以，但輪到女孩一個人拿著麥克風上場，她總會緊張得顫抖。大人都以爲這是個天賦特好的孩子，整個夜市裡大家都知道只要她上場就會吸引莫名的買氣，但女孩在台上經常陷入恍惚，不知道要講什麼，壓力很大，嘴巴不自覺發出自己都驚訝的聲音，那麼生動活潑，那麼恣意大膽，她拿著麥克風伸出手指好像點到誰誰就會暈頭轉向打開荷包買下女孩推給他或她的衣裳，瘦小的個子看起來幾乎要被擁擠的人群呑沒，但卻在人群裡閃亮著奇異的光芒。女孩神情昏亂眼睛濕潤，其實她並不知道自己在做什麼，很小的時候就會這樣，體內有什麼本能讓她知道要生存，爲了生存做出各種超過限度的努力，那時候她並不在場，跑到哪兒去了呢她自己不明白，回過神來有上百雙手紛紛伸向她，猶如要跟她索取什麼，又好像企圖將她撕裂。然後她的聲音也開始沙啞了，控制不了，再好的嗓子這樣消耗也會損壞。女孩知道這個星期一又不能去參加合唱團的練習了，一整個學期還沒有辦法完整地唱一首歌，音樂老師不可能相信她的，雖然其他老師同學都去幫她求情，說她曾是全校歌唱得最好的學生，但是沒辦法，再也發不出那麼好聽的聲音了。疼痛的聲帶好像被火灼傷，她幾乎可以看見喉嚨深處有個什麼在日漸敗壞，先是腫大然後就會疼痛再來就是被勒住般地緊縮，之後就會有好幾天都發不出聲音。休息一下會慢慢痊癒，但是到了假日再喊叫個兩天，就全壞了，不知道爲什麼音樂課跟合唱團練習總是星期一，如果是星期五就好了，那時候她的嗓子休息過，可以恢復一大半，她知道自己聲音甜美，音感奇好，歌曲只要聽過一兩次就可以朗朗上口，但是無法證實。有許多事她都無法證實。

有時候還會遇到同學老師。女孩那時上國中了，是學校的風雲人物，學校的兩個國文老師住在豐原，第一次發現她在賣場上做生意時好驚訝，不敢相信如此她還能每次月考考上全校前幾名，消息傳回學校，校長還曾經把她當成什麼勵志型的好模範給她開表揚會。不要不要不要張揚，女孩企圖抗拒但是沒辦法，老師同學假日就會結夥來她家買衣服，看她叫賣，爸媽感到多麼得意，然後那一雙雙望向這邊的眼睛，那些讚美的言詞、好奇的眼光，一次一次將她的心撕裂，她無法阻止別人觀看她的眼光正如她無法阻止自己繼續站到這舞台，那不是她可以選擇的。

那時候跟對面的女裝店正在火拚，他們總是用很大的音量企圖壓女孩的聲音。對面女裝店個個人高馬大、聲音洪亮，他們一家子有夫妻倆，看來已經二三十歲的兩個兒子、兩個女兒，怎麼看聲勢都比他們浩大。這家子特別好戰，在女孩家左邊斜對面開了一家女裝跟她們拚場，會出奇怪的招數來對付女孩家，比如找人來店裡買幾件衣服，然後拿回去站在台子上以低於售價一百元的價格在喊價，要讓客人以爲他們店裡的東西比較便宜，這樣的時候女孩就得口乾舌燥地跟客人解釋，還得應付他們言語上的挑釁。好難，只要女孩家這邊人潮比他們少，爸媽的臉色就黑暗得像要颳颱風似的，啞著嗓子大聲吼叫急得跳腳，好像人潮被喊走都是她的錯，武場生意就是這樣，比的是氣勢，一個閃神氣弱，客人就往對面跑了，每個假日幾乎都是「決戰時刻」，眞的好恐怖。好幾年的時間裡，店裡一直都處在備戰狀態，女孩最害怕的就是那啞著嗓子因睡眠不足而雙眼發紅的父母斥責她的時候，那時她都不認識他們了，也不認得自己，一切都顯得如此荒謬，但是殘酷的現實就是如此，女孩知道錢的重要，沒有這個，她不可能得救。

「生活還過得去嗎？有困難我可以幫你。」你說，我一個人到了台北，不去上班，也沒有認眞賺錢，成天關在房子裡寫些無用的東西，朋友跟出版社的人都很擔心我能不能生活下去，住那麼好的房子，其實是個窮光蛋。

「沒辦法我就回去擺地攤吧！」我對著窗外吐出煙霧。其實是說著玩的，我現在已經沒辦法了。

剛出書的時候常常被問到職業，我那時候正跟第一個女朋友一起在夜市擺攤賣衣服，被媒體刊載出來之後被許多人不斷地轉述，變成什麼傳奇人物。我自己那時候也很俗氣，以爲是在顚覆什麼大眾對作家的刻板印象，故意在那兒說些什麼好像自己很特別似的，其實只是在賺錢謀生。我這人除了賣東西之外還能做什麼，大學畢業之後做過各式各樣的工作，大部分的時間都在失業，我大概只是社會適應不良。

幾年之後許多讀者還在流傳著我以前賣衣服的經歷，有很多人覺得這是「很酷」的事，常對我開玩笑說：「要是找不到工作我就學你去擺地攤。」甚至還有熱情的書迷說到處在夜市裡尋找我擺的攤子，說要組團去參觀我擺地攤，聽到這些事我只覺得哭笑不得。或許因爲太過痛苦，或許因爲不想讓別人知道我的隱私，我總是裝作什麼事都無所謂的樣子，回想起以前去演講我甚至還會灑狗血地在那兒賣弄什麼「離奇的生活經歷」以顯示我跟其他作家的不同，這是我媚俗的地方還是我掩飾自己的手段呢？眞可笑，企圖塑造一個全新的自己，一種新的身分，如果成功的話可以翻轉整個記憶，只可惜那些手段都是失敗的，對別人來說新奇有趣的經歷對我而言是痛苦不堪的往事。

我工作謀生的方式經常被人好奇地討論著。我很喜歡的日本小說家山田詠美，她成名之後私生活被媒體大肆報導，年輕時曾在銀座當酒店公關，做過人體模特兒，在SM俱樂部上班，還拍過色情電影，這些經歷給了人們窺視與意淫的無盡想像。當然我的人生不如山田詠美來得精采異色，可是一個小說家既不當老師也不是編輯記者，而是個服務生、女工、擺地攤的小販、外務送貨員，好像也夠讓人討論不休的了。

大學念的是中文系，因爲覺得跟寫小說沒關係，大二那年幾乎要休學後來沒有。畢業之後我回到老家台中，因爲沒辦法順著父母心意去當老師或考公務員而與家人決裂，身無分文地獨自在台中市租房子住，立即面臨到明天就沒有飯吃也交不出房租的危機，好心的朋友借了我幾千塊也撐不了多久，立刻馬不停蹄四處找工作。我的計畫是，不管做什麼工作都好，只要可以付房租跟最基本的生活費，我要一邊工作一邊寫小說。這計畫聽起來很容易，但後來卻變得非常困難，弄得我好像是什麼不切實際的傢伙。

當然是不切實際。首先，雖然讀了大學，但讀中文系可不是什麼專長，連應徵便利商店人家都不要用我。而且我不會寫履歷，對找工作也沒什麼概念，簡直跟笨蛋一樣，我還以爲只要看報紙求職欄就會有一堆工作可以做，其實不是，跟買彩券似的，簡直是靠運氣在應徵，統統不中。

經過二十幾次的失敗之後，我找到了第一份工作，是在一家生意非常清淡的咖啡廳當服務生。那家店的生意眞的好清淡，整個店就只有我一個員工，而客人幾乎只有爲了躲雨、問路、推銷東西而誤闖的幾個，老實說我的手藝很差幾乎不會調什麼果汁紅茶，咖啡煮得也不好喝，沒有客人的時候我就一邊看書一邊抽菸偶而掃地擦窗戶洗杯子，寫一點點不成形的小說，不到三個月，那家店關門了。

我又開始找工作。半年裡面一共換了好幾個工作，其中大部分的時間都在找工作，身上總是不到一千塊的存款，也曾經被老闆積欠薪水根本要不回來，這期間都是當服務生跟店員，清一色的那些店生意都非常差好像隨時都會倒閉，老實說我覺得只有這種店才會要我，而且我也喜歡這種地方，我可以自由地做自己的事也不用招呼什麼人，但老闆可就慘了，希望那些錄用過我的人不會讀到這篇文章，他們一定都還記得那個「什麼都不會的笨蛋女孩子。」「沒想到有一天變成作家了。」「作家就是坐在家裡什麼事都不會做。」眞希望不要因爲我一個人讓他們對作家都有不好的印象。但總是會遇到結束營業、老闆跑路之類的事，而無法如願留在原來的公司。

工作眞的不好找，而且這世上騙錢的事還眞多，有些地方都還沒上班就要你交什麼保證金、受訓費用，誇張的是有些要求先行繳交的費用比一個月的薪水還高，我如果有那麼多錢才不會急著找工作，還好因爲太窮，避開了被騙的機會。

後來爲了多賺一點錢我決定到KTV上班，我實在受不了一天到晚被房東催繳房租，我原本想服務業嘛應該是有心想服務就不愁找不到對象來服務，沒想到應徵了好幾家都是等候通知，大家都知道等候通知就等於沒希望了，其中有公關坐檯的絕對不會錄用我，因爲我既不高挑又不美麗，這點我可比不上山田詠美。找了半天找到一家「茶藝KTV」，那兒不需要服務生，所以我就去當會計，所謂的茶藝KTV是什麼呢？我原以爲是一邊喝茶一邊唱歌，上班之後才發現那是間妓院，當然也是因爲我那時候剛出社會不懂事，其實光看店裡的裝潢就知道是做「黑的」，隔成一小間一小間包廂的房間確實有電視音響麥克風，也眞的可以唱歌，但店裡的小姐跟我說：「一節十五分鐘啊！哪來得及唱歌。」而且客人都是單獨來的。

我的工作是會計，所謂的會計其實只是跟客人結帳，接聽電話，每次有客人打來問，我都得很小心地看看是不是警察打來刺探的。工作蠻輕鬆，有客人上門就接待一下，問他要「全套」還是「半套」，收錢，然後給他一個保險套，讓他選個小姐，其實沒什麼可選的，只有三個小姐，看誰有空就誰去，小姐就會出來拉著客人的手進包廂，這時候我要把寫有小姐花名的牌子掛進牆上的釘子，表示這個小姐正在忙，其他就沒有我的事了。我可以看電視、讀小說、聽音樂，閒得很。

在店門口看場子的是兩個年輕男人，保鑣兼拉客，整夜就是抽菸，在門口踱步，有人經過就上去問他：「少年仔要不要進來爽一下？」這對白是我自己想像的，因爲我站的櫃檯聽不見他們的對話，不過我工作的期間很少看見少年的人客，幾乎都是老頭子上門，所以對白應該改成：「阿公，要不要進來爽一下？」當然其實不應該這麼說啦！這樣會得罪人，反正我都是看著他們的嘴形自己胡亂想像的。這兩個人很喜歡來找我講話，你一言我一語默契很好似地在練習對口相聲，他們都在等當兵，跟這家店的老闆有些親戚關係，對於我來上班的事好像都感到很興奮，還會教我講台語，教我怎麼應付難纏的客人，跟我說店裡小姐的故事，好像怕我會因爲太無聊就辭職似的。他們不斷地找空檔進來跟我講各種事情，其實我說得不多，怕一不小心揭穿了自己的謊言，因爲履歷上塡的身分姓名學歷什麼的都是我自己捏造的。

上班沒幾天，老闆就跟我說之前的會計每個都變成小姐了，看我這麼可愛要不要也試試看，薪水可以多好幾倍，「謝謝你的關心，我目前還不需要。」我說。並不是對性工作有什麼偏見，雖然相處時間不長，但我跟小姐們處得蠻好的，店裡的小姐從二十幾到四十幾歲都有，有個阿英姐還帶著三歲的女兒來上班，每次她跟客人進包廂我都要幫她帶小孩，但是我很喜歡她，她教了我很多對付男人的辦法，很奇怪這裡的人都會教我對付男人的辦法，但其實我根本用不到。

雖然缺錢，但只要夠生活費就好，當會計我覺得還不錯，做小姐我就怕會吃不消了。因爲是大夜班，早上六點才能下班，快下班的時候店裡的保鑣還會去買狗不理湯包給我吃，大家都對我挺好的，可惜上了幾天班，我的失眠症變得非常嚴重，因爲回到家都七八點了，正好遇上大樓裡的住戶開始起床上班上課煮菜順便吵架，吵得我根本不能睡，沒辦法我只好辭職。辭職的時候大家都好捨不得我，那兩個男的又請我去吃了一次狗不理湯包，之後也打過幾次電話給我說公司同事要約去唱KTV，但我再也沒有見過他們任何一個人。

又開始找工作，騎著摩托車大街小巷去應徵，好不容易找到一家高級的會員制KTV，原本我是DJ，卻因爲另一個男DJ老是要約我吃消夜看電影弄得我很煩就申請調到外場當服務生。我當初應徵的時候謊稱自己高職畢業不過後來被副理識破，原來副理也是大學生爲了存錢念研究所才來這裡，他一直對我很好。裡面的服務生只有我一個沒有一六〇公分，但後來我的小費是最多的，因爲我唱歌很好聽，我們老闆堅持不用陪酒公關，每次有什麼大人物來，都找我去陪他們唱〈雪中紅〉〈雙人枕頭〉，站在門口一杯酒都不用喝只要唱一首歌就可以賺一千元，這種事一個星期起碼會有一次，加上偷偷塞在裙子裡的小費，其實公司規定服務生都得把客人給的小費交到小費箱裡大家平分，但我總是想辦法偷藏，那幾個月裡我存了好幾萬，不過後來只要聽見〈雪中紅〉，都有點想吐。

日復一日，我一邊唱歌端飲料掃廁所，一邊寫著完全沒有想要投稿參加比賽也沒有讀者的小說，每天工作到半夜三點騎摩托車回家，除了偶而會來找我的情人，還有一兩個經常擔心我生病的朋友會打電話來，幾乎沒有跟誰來往，白天睡飽了就是讀小說，胡亂弄點食物吃，看一大堆電影，騎著摩托車到處轉。情人朋友都對我選的工作有很多意見，那時的情人是人家說的什麼藝術家，常常說：「你去上班之後變了很多。」不知道是什麼意思？大概覺得我去那些地方上班很不「稱頭」吧！爲此常常吵架，還說我氣質變差了，神經！我本來就沒什麼氣質跟KTV有什麼關係？「大學畢業不能去找一些比較好的工作嗎？」大家都這麼說，我好想大聲回答，但是每天都好累才沒力氣跟人辯論，大學畢業有什麼了不起，寫小說就是什麼藝術家應該有人來供養嗎？當然如果有什麼人因爲這樣想要供養我我也不反對，但是靠自己的能力掙錢有什麼不對？我這人對於什麼藝術氣質文化修養的都沒興趣，也不在乎別人對我有什麼看法，我只是臉色看起來比較蒼白而已。

那家店剛開幕，忙得沒什麼時間休假，我也就理所當然不回去讓父母擔心。每次親戚問起我，媽媽都得騙他們我在當老師，因爲我是村子裡唯一的大學生，連村長都很在意我的前途，老是有什麼人來說媒，介紹的都是老師公務員幼稚園小老闆之類的。後來因爲身體不好經常昏倒，大概是因爲晝伏夜出晨昏顚倒而且我又幾乎只是喝咖啡抽菸胡亂吃點速食麵餅乾的營養不良吧！就有些想離開了，但店裡人手不夠我還是硬撐著，直到有一次出車禍腳受傷，從此沒辦法久站只好把工作辭掉。

這之後不能再當服務生跟店員，需要久站的工作都不行，經過朋友介紹跑去賣電影票，賣藝術表演的票，那都是打工性質做不了多久，有一天沒一天的工作。後來腳好一點了，又開始當店員，其間還當過什麼「企畫文案」，那些不用多說了，都是些爛工作，就這樣又過了半年。

家人終於看不過去決定幫我找工作。那時候開始在爸爸朋友的鐘錶公司當送貨員，其實我只是司機的助手，一個月只要跟車七八天可以賺一萬元我簡直開心極了。那時候所有的親戚、爸媽的朋友都把我當成怪物，到現在可能還是如此，偶而到夜市幫爸媽賣衣服，我從小學就在菜市場夜市幫忙，可以自己一個人推著小車到處叫賣沒問題，其實若眞要賺錢，只要認眞一點擺地攤也不是難事，說實話我可能眞如爸媽所想的，跟錢過不去，我對賺錢眞的一點興趣也沒有，我只想不靠任何人而活下去，可以寫一點東西這樣就夠了。後來遇到了第一個女朋友，她很想安定，希望多賺點錢跟我一起生活，就跟我爸媽批貨，我們一起到處擺攤子賣衣服，就這樣，我一邊賣衣服一邊送貨，二十五歲出版了第一本小說。

這樣說著自己的經歷你可能會以爲我是個窮困潦倒的藝術家，爲了寫小說吃盡苦頭而堅持到底終於可以出人頭地之類的，其實不是，不當老師不做編輯不進入文化界工作不是爲了什麼堅持什麼理念，只是覺得不適合而已。而且我除了寫自己的小說幾乎沒辦法寫什麼東西，努力了半天，家裡還是很窮，也沒寫出什麼驚天動地的偉大作品

已經很長一段時間沒有找過工作了，每次看報紙我還是不自覺地會翻開求職版，漫無目的地胡亂瀏覽上面的各種廣告，想像著那些工作會有什麼樣的人去應徵，而又是哪種人在幫人面試。想起我曾經做過的那些奇異的工作，那不過是廣大的世界裡一小塊我碰觸過的領域，想到光是寫作怎麼應付生活開銷，我到底要做什麼工作來賺錢呢，或許去當 0204 小姐吧！現在不用叫賣衣服，我的聲音又甜又嗲包準可以讓那些好色鬼心癢難耐。

「所以長大之後你還曾經靠賣衣服維生嗎？」你問我，說了半天情節可能還是說不清楚你沒聽懂吧！或者是後面的部分我只是在腦子裡轉過念頭並沒有發出聲音？那時車子轉進一個老舊的火車站，「林鳳營站」，就是那個我喜歡的明星張艾嘉做廣告眞的讓人覺得好香好濃好想喝一口的鮮奶出產地嗎？車子緩緩駛進一個小小的圓環，中央有棵老榕樹，樹下還有幾個男人在喝茶下棋，白色的日式老建築，保存得非常完整，「我想你應該會喜

歡這兒。」你說，把車子停好，熄火下車。並肩慢慢走著，我的腳步輕快起來，眞的你總是知道我要什麼，好可愛的地方，走上幾級樓梯進入車站大廳，雖說是大廳，其實是很小很小的房子。

望向裡面，左前方是售票亭、站長室跟撕票入口，右邊的候車室有著小時候才看得到的木製長椅，用一條一條褐色長木條組成，椅背是高到頭部頂端往後彎曲的造型，但不像集集之類的懷舊老車站那樣變成觀光景點，這兒人煙稀少，靜寂得有些淒涼。你說這個車站只有一個戴著白色帽子身穿制服的工作人員，我仔細觀看，一個約莫四十五歲左右的中年男子清瘦的面容，讓我想起日本電影《鐵道員》裡那個站長。看這人一會跑進站長室接聽電話，一會到售票亭賣票給一個老婆婆，然後又趕緊跑到入口的地方撕票，忙進忙出的眞好玩。我們在候車室坐著，牆邊有面很大很大的鏡子，木製的長方形鏡框，附有腳架跟小輪子可以推移，小時候每次搭火車我最愛坐在看得見鏡子的地方，從鏡子裡觀察身邊的人物來去，送行難分難捨的場面，拎著大包小包東西的返鄉學子，穿著制服的阿兵哥，不斷安撫著跑來跑去小孩百無聊賴的夫妻……。

你在鏡子裡，看來更瘦了，有些陌生的臉，見面到現在我才能好好地看你，這就是當初我愛上的那人嗎？幾百個日子過去，相愛的時光已不復存在，我們現在並肩坐在這個幾乎要廢棄的車站，我沒有感到悲傷，眞正重要的人是不會離去的，在我心裡有一個小小的角落收放著對於你的情感，那甚至與你無關，只是我自己的祕密，所以我也不會再把它說出口，這樣很好，此時，安靜的候車室只有我們兩個，我們並沒有要搭乘火車到任何地方。

到處走走看看，車站外面有兩家老舊的小店，沒有營業，附近還保有老舊的建築，有稀疏的人車經過，可以聞到炊煙與煮食的氣味，有人跟我們打招呼，你對他們點點頭，然後我們默默地再度上了車子。

其實不說話我們也不覺得沉悶，有時候你會空出一隻手來握我，重重地將我的手收緊在你的掌心，千言萬語都在這舉動裡說明，但是我聽不懂也不要懂，想太多就會疲倦。

「眞想看看你站在台子上叫賣的樣子。」你突然開始說話，好奇怪怎麼會有這種想法，「我都披頭散髮很像歐巴桑呢！你看了不會認得的。」我回答，想知道我就描述給你聽。

那些被謠傳著被我自己拿出來轉述的賣衣服的經歷，是什麼時候呢？不過是七年前的事吧！感覺好遙遠。

跟她在一起的第一年，爲了討生活，我們一個月有十天左右在送貨，其他的時間都在賣衣服，衣服是從爸媽那兒批來的先不必出成本，賣掉才回去跟他們算帳。剛開始賣衣服的時候，沒有固定的攤位，所以我們都是在各個夜市菜市場黃昏市場租攤位，因爲是新手，位置不固定，總是得租人家臨時不來的空位。起初我們只能在市場外面的馬路邊擺個簡單的攤子，那是得跑警察的，每天我們都會進去問看看哪個攤子隔天休息可以把位置租給我們，那個黃昏市場人潮很多，幾乎每個攤子生意都很好，我們總是位置換來換去沒個固定。好不容易我們在台中市西屯路的黃昏市場租到了位置，攤位租金一天四百元，從下午三點到傍晚六點，這個位置得來不易，在黃昏市場的出口，原本是賣糖果餅乾的攤子，老闆家裡出了點事可以暫時租我們一兩個月，那個位置很好，是三個出入口人潮最多的一個。那時候我剛出第一本書，開始有報紙雜誌來找我寫文章，因爲白天晚上都要趕場賣衣服，有時候截稿日期已經到了稿子都還沒寫，時間眞的太趕，我會趁著客人比較少的時候跑到市場對面的小咖啡館裡寫稿，一面要留意著對面的攤子客人會不會太多，人太多她一個人應付不來，我就得把筆放下趕緊跑回去幫忙，有時候寫得入神，一抬頭看見攤子上已經圍得水洩不通，我立刻衝出咖啡館奔回攤子。

出口的位置後來糖果攤的人要回去了，運氣不錯我們又找到另一個位置，夾在賣豬肉跟賣火鍋料的攤子中間，左手邊賣豬肉的是一對嬌滴滴的姊妹花，掄起菜刀大刀闊斧地切肉剁骨身手俐落絕不馬虎，豐滿白皙的市場美人讓人忍不住覺得她們家的豬肉吃多了可以美容似的。賣火鍋料的夫妻帶著一個小女孩，那時他們跟對面的菜販生意拚得很厲害，他們攤子小貨品樣式少，生意沒人家好，做爸爸那個男人常常對著妻子女兒大呼小叫。那時我們賣的是一套兩百九的套裝，兩件式三件式大多還附有帽子、絲巾、皮帶、小背包，俗擱大碗，便宜又好看，生意搶手極了。這攤位原本是賣菜的，所以有個四尺寬的平台，把貨物鋪在這台子上，我總是站在平台中央對著整個市場大聲叫賣，女孩的爸媽或許覺得我這樣吆喝生意很好，想要如法炮製自己又不敢上場，就要小女孩拿著板凳到通路中央叫賣，女孩彆扭著不肯，母女倆就吵了起來，「不要，我會怕。」小女孩圓圓胖胖的模樣很可愛。「有什麼好怕的？」媽媽拉著她的手往通道上走，半拖半拉地把她推到人群裡，「你就喊一斤五十，一斤五十，高級火鍋料一斤五十，這樣不會嗎？」媽媽壓低了聲音但我想大家都聽見了。「我不敢啦！」看起來還沒上國小的小女孩，彆扭起來可拗了。「叫你喊你就喊！」啪啦一聲她老爸衝過去就給她一巴掌，女孩哭了起來。

慢慢地跟他們稍微熟了起來，每天幾乎都要上演這套戲碼，挨打之後女孩就會哭哭啼啼地拎著寫著「火鍋料大特價」的紙牌子，站在小板凳上對著人群不情不願地小聲喊著什麼。「要死啦！不會大聲點嗎？」女孩的爸爸在一旁吼叫，他自己嗓門大得很不知道爲什麼不去叫？

傍晚還沒收攤客人稀少的時候，小女孩常常跑來找我說話，有次她問我：「姊姊你怎麼敢站在上面大聲地叫啊！我都好怕，怕人家會笑我。」

我耐心地安慰她：「妹妹不要怕，姊姊小時候也是像你這樣，被爸爸媽媽要求站到板凳上去，對著路過的行人大聲叫賣，你不要害怕，沒有人會笑你的，人家看見你那麼小，卻這麼乖，大家會喜歡你，會稱讚你，覺得你很懂事，會幫忙爸媽賺錢，是個好孩子。所以不要怕喔！每次都這樣被爸爸打也不行啊！既然要幫忙了，就膽子大一點，放心地喊，大聲點，客人聽見了就會來買你們家的東西。」

其實我說這話的時候我自己都不確定，但之後女孩好像得到了某種鼓勵，眞的放心大膽地喊叫起來，路過的客人看見那麼小的孩子這樣叫賣，好像很稀奇似地往他們的攤子走去，漸漸地他們的生意好像也變好了，女孩的媽媽很感謝我，她爸爸還是一副討人厭的樣子在旁邊抽菸喝酒，其實在市場就是這樣，競爭那麼激烈，能吸引客人注意是最重要的。

跟她一起賣衣服之後，我似乎又回到了童年賣衣服的無數個日夜，這就是我的出身，是靠著爸媽辛苦賣衣服才把我養大的，此時又靠著賣衣服要跟她一起共度未來。應該是我最熟悉而且熟練的事情，但有時我覺得好混亂，我已經不是當年的我了，卻彷彿背負著跟當時一樣的命運，拿起麥克風，站上板凳，抬頭看天，擔心下雨，生意好怕人偷，生意壞唉聲嘆氣。

許多個日子我跟她在市場裡流浪，這個場子生意不好了，就轉戰到其他地方，黃昏市場做不夠，農曆初三、十七市場賣肉的休息我們就去租攤位來用。從小爸媽就是這樣，我們熟悉的菜市場除了豐原的「大市」，還有鹿港跟東勢的菜市場，那時我跟她都到東勢去，每個星期有幾天晚上會到夜市去，為了不要跟爸媽的場子重疊，我們都到台中豐原一些新的場子去擺攤。「年輕人才能這麼拚啦！」爸媽高興地跟夜市的朋友炫耀。她很勤勞，我很機靈，她負責整理貨物搬貨擺攤這種吃重的活兒，我就負責招呼客人、叫賣，性格互補又配合得天衣無縫，衣服是從爸媽那兒批來的暫時也不用出成本，賺錢是指日可待的。上高中搬離家自己租房子住，大學時代又都在外地，只有寒暑假跟過年才回去幫忙，好像賣衣服的事情已經很遙遠了，想不到多年之後我還會回到這樣的生活。好不容易讀完大學，爸媽原本期待著我可以有更好的成就，但我畢業後只是做些服務生之類的工作，一心一意只想寫小說，對他們來說，擺地攤賣衣服雖然不是什麼好工作，但起碼可以賺錢養活自己，他們對於我那不切實際、滿腦子幻想的性格感到無比地憂心。雖然夜市裡的人都覺得我很奇怪，常常調侃我：「早知道還是要擺地攤，幹嘛讀那麼多書？」媽媽總是微笑著幫我打圓場，「做夜市比較自由啦！我們家這個跟野馬一樣，不喜歡上班，喜歡到處亂跑。」媽媽跟朋友這樣說。

好像又回到當時拚命賣衣服的時候，不同的是，童年我是依靠想像度過那艱苦的時刻，而後來我則是在買賣的空檔，收攤後回家的時刻，犧牲著睡眠，不斷地寫著小說，依賴每一個進入小說世界的時刻平復著辛苦工作之後身心的疲憊。

大約一整年的時間我跟她都在賣衣服，然後我出版了第二本小說，自己想起來都覺得不可思議，我到底是什麼時候寫出那些小說的呢？會不會是在睡夢中從床上爬起來到電腦前不自覺寫下的？還是我有一個分身可以在我賣衣服的時候跑回家來寫作呢？其實不是，每天晚上收攤之後，無論多累，我一定強迫自己坐在電腦前面寫小說，沒有人逼我，只是如果不這樣做我就會覺得自己的生命只剩下了賺錢，被買賣衣服的行爲吞沒，我可能很快就沒辦法繼續，就會想跑掉。其實回到家之後都十二點多了，站了一整天全身都好痠痛，這時候應該看電視或者洗澡睡覺，做什麼都好，就是應該休息了，但我不讓自己休息，寫個半小時一小時也好，利用買賣的空檔客人稀少的時候，在來往於台中豐原各個賣場的車程上，或者任何一個可以出神的時間，我都用來想跟小說有關的事，一回到家就得趕緊寫下來，其實這樣寫作的狀況能有多好？能寫出什麼好東西？不知道，寫多少算多少，只要還能這麼做我就可以平衡自己。

讀大量的小說，盡可能地寫作。因爲容易失眠，只要第二天早上要做菜市場生意，我就沒辦法睡覺，從小就好怕做早場生意，但那段時間我卻經常利用這種失眠的時候寫一整夜小說，總覺得時間不夠用，每次這樣寫著寫著，不知不覺天就亮了。那時候創作欲望正強，好像總有寫不完的題材，只是沒有足夠的時間可以完成，當然，我知道用這種方式維持不了多久，長期的睡眠不足，心神體力大量流失，繼續損耗下去是在謀殺自己。

話說到這兒，你摟住我脖子吻了我。

「想起你那麼辛苦，好心疼。」你的聲音聽起來很遙遠，像是古老夢裡傳來的呢喃耳語，綿密的吻，探入你口中一小时我的舌尖，你溫柔地吸吮著，那是我輕微的哭聲你聽見了嗎？都遠去了，留下的只是模糊的痕跡，那不是愛情，我知道，無論多麼愛憐多麼不捨，你可以給的就只是這一小时，我很清醒，沒有迷醉，這個吻只是個吻，像老朋友見面的擁抱，但你怎麼會是我的朋友。

其實我不辛苦，那些徹夜寫作的日子，那樣熱情澎湃不能自抑地吐出來的字句，不成熟的技巧，生澀的形容，散亂的故事，幽靈鬼魂般飄來蕩去的人物，後來變成許多讀者愛戀著迷的小說，記錄著我生猛卻無以名狀的情慾。我深深地想念著，那毫無顧忌地沉溺於寫作狀態的我。

那個我，已經失去了。

車子停靠在一個更冷清的車站，那時已經是晚上九點鐘，「拔林站」，從未曾聽過的地方，我有些睏倦，說太多話了喉嚨很乾渴，或者是因爲無處可去的慾望讓我感到虛弱，你轉開礦泉水的瓶子遞給我，喝了一大口，意外地感覺到甘甜。「下車吧！這個地方更有趣喔！」你說，臉上有著蒼老與疲倦的神情。這才是我愛戀的那，個我喜歡的是你不願意呈現的自己。

這個車站沒有大廳，只有簡單的售票亭，很長很長的月台，僅有的一個工作員已經下班，昏暗的日光燈管將鐵皮屋映照得更淒清，我們走過月台到簡陋的候車長椅上坐著。

「等一班火車我們再離開。」你說。

「這時候還會有火車嗎？」我問，其實無所謂，我們又沒有要搭車，就是等待著，雖然也不知道在等待什麼。

靠著你的肩膀，我說不出話，不想說，你身上的氣味我不熟悉，那已經是跟我無關的東西了，但那氣味還是不斷湧入我的鼻腔，幾隻蚊子飛繞著，你伸手在我周圍揮舞試圖幫我趕走那些蚊子。

「要好好照顧自己，你比以前更瘦了。」你撫摸著我的手，還是那麼柔滑的一雙大手，圈住我細瘦的手腕，像你曾經送給我的一個銀手環。離開的時候我將那手環戴在右手，此時你圈住的地方，在心裡發誓只要還愛著你我就不會拿下，但第三天我就拿掉了，將手環收藏在一個小盒子裡裝箱用膠帶封好，再也沒有拿出來過。

我不是那種可以堅持到底的人。

模糊了，遠去了，消失了，粉碎了，一切的一切，你還是個溫暖而良善的人，但已經走出了我的世界，我知道你仍在我封住的那個盒子裡，像一個神燈裡的巨人，我知道只要我開口呼救你就會出現，你會給我比我想像中更多的幫助，但那不是愛情，也不是友誼，那是我不知該如何面對的無盡的善意。

遠處有燈光閃亮，聽見車輪滑過鐵道發出的轟鳴，「火車來了。」你突然高興地將我抱起來。

旋轉著，旋轉著，在黑暗裡，蚊子好多好多在飛舞，火車逐漸靠近，通明的車箱可以看見從北方來的乘客，火車的速度減緩，然後停靠在我們面前。

你用力地揮揮手，「謝謝，我們不搭車，謝謝你啊！」你對著列車長大喊，那時候我還在旋轉，其實我的身體已經靜止在你懷裡，但是仍持續地飛旋。

然後列車繼續開動，逐漸遠去，更遠，然後車尾的燈光微弱，更弱，然後看不見了。

「火車眞的來了。」你仍這樣說著。

我知道那是眞的。

之五

雲的獨角獸

每年總會有幾次，女孩帶著弟妹搭公車到台中去找媽媽，在電話裡媽媽仔細交代女孩該如何搭公車，要怎麼換車，在哪個路口等，曲曲折折的轉車、找路、問路才能到達媽媽的住處，好不容易才弄清楚該怎麼找，下一次媽媽已經要搬家了。幾年來媽媽總是在搬家，一會兒是高級大廈，一下子是老舊的公寓，有時候是簡陋的旅館，有時是俗豔的賓館，固定的室友有三個阿姨，其他來來去去的則不一定。女孩不知道媽媽到底做什麼工作，媽媽時而出現在台中的某個屋子裡，時而出現在她們賣衣服的攤位上，在不同的地點看見的媽媽髮型裝扮也都不同，奇怪的是爸爸從來不跟他們一起去台中，好像是兩個完全隔離卻又並置的時空，媽媽出現在夜市或市場的攤位裡，出現在後來固定的小店面，一定是簡單樸素的衣著，勤快的模樣，不生病的時候就活力四射，生病時就懶洋洋地躲在一旁抽菸，就像其他攤位的女主人，只是漂亮些、更有魅力。但在台中媽媽居住的地方，她像電視上才會出現的女明星，吹燙得蓬鬆捲捲長長的頭髮有時是紅褐色，有時是金黃色的，穿著時髦漂亮的衣服，臉上塗抹著胭脂眼影口紅，蹬著高跟鞋，美豔極了。有錢的時候媽媽慷慨極了，把三個孩子都打扮成小王子小公主，帶他們去後來變成龍心百貨的北屋百貨公司買衣服，去後來失火好多次的遠東百貨吃港式飲茶，去現在已經找不到的南夜、聯美歌廳看鳳飛飛、高凌風、許不了的秀場，去百樂門西餐廳吃牛排、香蕉船、水果聖代，但有時候媽媽病懨懨地在家，叫巷口的便當來吃，看起來心情很低落，幾天都不出門。

媽媽的室友一個比一個漂亮，二十歲左右明豔動人卻空洞得可怕的女孩子，媽媽是其中年紀最大的，所以被當成大姊一樣敬重著。沒有出門的時候，她們常常都在客廳裡打麻將，她們都很疼愛弟弟，那時候的弟弟長得眞可愛，阿姨們總是摟著他抱著他，妹妹也很乖，在一旁安靜地看書看電視，跟阿姨聊天，有時還會幫忙整理房子，女孩都在做什麼呢？記憶奇怪地空白，關於這個部分的生活，印象很清晰但不眞實，彷彿被收放在一個隱蔽的角落自己都遺忘了，媽媽搬回家之後全家人對於這段往事絕口不提。

每次看見媽媽，她看來都是不同的模樣，眼前的媽媽轉換著面容與裝扮，女孩的心裡也轉換著記憶，她覺得自己有兩個媽媽，一個始終在夜市裡辛勤地叫賣衣裳，另一個輾轉在許多不同的房子裡，彷彿是女孩幻想出來的神祕人物。

爸爸是眾人口中的大好人，沉默寡言、勤奮顧家、吃苦耐勞，那印象堅不可摧女孩自己幾乎都要信以爲眞。這樣說也沒錯，只是跟媽媽一樣的，爸爸也有另外一種旁人無法看見的面貌。

她自己的身體裡一定也遺傳了這樣的血液，女孩無數次這樣揣想，幾乎已經看見自己分裂成兩個不同的樣子生活在不同的時空裡，或者其實世界就是這個樣子，兩個三個或者更多不同的時空同時存在，但部分的人很幸運地只看見並且生活在一個世界裡，而她則穿梭在其間，因爲見識過兩個不同的世界同時並存，使得她生活在眼前被承認的這個眞實裡變成一個荒謬的存在。

有時候她會覺得自己瘋了。

無法明白的事情，說不出口的困惑，女孩躲進自己的幻想裡度過每個混亂的時刻。

女孩醒在黑夜裡，落地窗透進些許光亮，是模糊的月光或是路燈呢？光閃閃明晃晃的，好像有人撫摸過她的身體，作噩夢了吧！醒來時散落的衣衫敞開，不明所以地狼狽，女孩怔忡著，閉上眼睛想繼續入睡，在心裡唱誦一首催眠曲，像她經常唱給弟弟聽的那樣，搖晃著頭顱，想把自己搖進另一個夢境裡，催眠著，用歌聲或是一個個故事，讓思緒搖晃進入一個恍惚的時空。睡吧！睡夢裡，可以感覺到安心舒適。

依稀記得那雙手的觸感，那似乎不是人類而比較像是爬蟲的腳爪，冰涼黏濕，好像長了許多堅硬鈍重的刺，刮搔著女孩的肌膚，指尖的皺摺並非指紋，而是小小的刀刃，一筆一畫雕刻著女孩的身體，劃出淺淺的傷痕，沒有鮮血滲出，只是刻畫著記號，第二天醒來痕跡就會消失。無數個夜晚，女孩被數不清的腳爪抓爬過，企圖扭曲她的形貌，那傷痕深入了夢中，穿透皮膚肌肉，遺留在她的骨頭上，一點一點，逐漸逐漸，改變了她的意識，使她變形，一夜一夜，或許她已成爲那長著硬刺與足蹼的爬蟲，只是身上還披著人形的皮囊。

進不去了，回不了睡夢中，女孩摸索著下床，四周好安靜，她站在房間中央，地板好冰涼，回頭，女孩看著大床上的爸爸、弟弟、妹妹，熟睡的模樣像已經死去，女孩腦子裡吟唱著歌曲，隨著無聲的旋律她旋轉著身體，越來越快，白色的睡衣敞開，露出潔淨的身體，上面殘留著模糊的指痕，某種氣味在胸口堆積，似乎還散落著喘息，女孩的身體疼痛發燙，她走進浴室，洗一把臉，感覺到呼吸急促、心跳加快、眼睛濕潤、喉嚨腫脹，好像聽見有人喊著她的名字，聲音越來越大，越來越清晰，她摀住耳朵，搖晃著身體，慢慢地，她從牆上橫掛的鐵桿上取下一條毛巾，用毛巾絞住自己的頸子，一圈又一圈，纏緊，打結，然後雙手加重力氣，逐漸感到無法喘息，女孩設法平躺在地板上，閉上眼睛，靜靜地等待。

頸子上的毛巾逐漸鬆開，隨後散落脖子兩側，女孩嘆了一口氣，但已沒有力氣再度絞緊。

女孩在媽媽的住處，難得在這兒過夜，大夥鬧到半夜才睡。整夜他們都在打麻將，客人穿梭不停，開著冷氣緊閉著窗戶，整個屋子裡壅塞著各種氣味，彌漫的菸味，四散的酒氣，女人身上的香水胭脂，男人咬破檳榔咀嚼出的腥甜與身上的汗臭，蔥爆牛肉、辣子雞丁、鹹酥蝦、滷牛肚豆乾海帶、花生殼，一桌子吃食單獨一盤聞起來很香但整個聚合起來就成了怪味。女孩在無法阻擋的各種氣味裡呆坐著，電視整夜響亮，聲音開得很大，如此一來屋裡的人說話談笑聲音就更大了，好吵鬧，弟弟竟在這種喧鬧裡在沙發上睡著了，妹妹一個人翻著撲克牌玩算命，是一個阿姨教她的，女孩兩眼盯著電視，其實都在偷偷觀察那群人，奇怪他們哪來這麼多精力說笑叫罵一整晚。

終於阿姨叔叔各自回房睡覺，客人都已散去，那時弟妹都在床上睡傻了口水垂落枕頭，媽媽洗過澡卸好妝一上床就立刻睡熟了。女孩還醒著，但沒有人發現，她是最擅長裝睡的了，睡在媽媽旁邊，大而柔軟的床鋪上，從左邊望過去，弟弟、女孩、媽媽、妹妹，四個人擠在一起，當然沒有爸爸，他不會出現在這樣的場合裡。

他們都輕聲打著呼嚕，一定好累了，弟弟妹妹早早就上床，媽媽進房的時候大概超過凌晨五點多了。女孩撫摸著媽媽的睡衣，米白色絲質睡袍，裡面是同質料綴著蕾絲、用兩條細細肩帶繫著的低胸睡衣，媽媽的身體柔軟而豐潤，卸了妝的皮膚光滑而脆弱，鼻梁與兩頰散落許多雀斑，眼角跟額頭有淺淺的皺紋，女孩凝視著眼前這女人，這是她的媽媽啊！卸下裝束彷彿蛻去了一層皮，此時躺在這兒的是哪一個她呢？女孩小心翼翼地撫觸著，要怎樣才能確定她的身分呢？會不會是下了戲退出舞台就沒有了生命的娃娃，女孩伸出手指放在媽媽的鼻孔底下，均勻的鼻息吹拂在女孩手指上，還活著，沒問題，是個活生生的，有血有肉的女人，這就是她的媽媽，千眞萬確。

女孩把頭靠在媽媽的胸前，碰觸到她柔軟的胸乳。記得小時候媽媽說過，女孩是個早產兒，根本還沒到預產期，只因那天下腹脹痛，送到醫院去檢查，然後莫名地把她生下了，媽媽老是繪聲繪影地說，「差一點你就掉進垃圾筒裡了喔！」媽媽說她不足月就出生，醫院說要住保溫箱，阿公阿媽捨不得花錢怎麼都不肯，「你差點就死掉了啊！」是外公外婆出錢讓她住了一個多月保溫箱，花了好多錢，懷孕的過程把做媽媽的折騰得很慘，嚴重的害喜，過敏，媽媽曾經全身水腫，「皮膚繃得好緊，好像不小心就會繃裂。」媽媽比畫著自己的大腿，「一條腿腫得有兩倍粗。」肚子跟腿上都留下黑褐色深深淺淺的妊娠紋，痛苦的懷孕過程媽媽說來依然歷歷在目，「奇怪就是懷你的時候特別難受，弟弟妹妹都不會這樣，你還是嬰兒的時候也好難帶，身體不好，好愛哭，整夜都要有人抱著才肯安靜。」

那些事女孩都來不及參與，大家都說她小時候很好命，雖然身體不好，愛哭鬧，但是惹人疼，很快就學會講話，嘴甜得像蜜，聰明靈巧，人見人愛，因為是頭胎，花了大錢才撿回小命，年輕的小夫妻將她天天捧在懷裡像個心肝寶貝。

為什麼那些她來不及記得的幸福一去不返了呢？女孩雙手好輕柔地在媽媽胸前滑動，如果可以一直睡在這兒多好，這樣就不會有夜裡的妖怪來把她抓走了吧！神祕的、脆弱的、美麗的、哀傷的媽媽，這個她還不夠認識的女人，如果從睡衣的胸口鑽進她的雙乳裡，是不是就可以碰觸到她的核心呢？那裡埋藏著什麼祕密她好想知道，一切的曲折是否都隱藏在那兒？

等到天亮的時候她就得回家了，留下弟弟妹妹在這兒過暑假，她得回去夜市幫忙做生意，其實她也好想繼續留著，雖然這是個吵鬧混亂的地方，常有些奇怪的人出入讓她好害怕，但是，回家不會更好。

家，無論是哪一個，對她來說都太遙遠了，都是地獄，而且可以隨身攜帶。

獨居之後，為了省錢每天自己煮麵吃，其實不會煮什麼大菜，白麵條加青菜打個蛋就這樣一頓，有時買幾塊排骨，有時買一點蝦子，給自己加菜。小套房裡沒有排油煙機，電磁爐白水煮麵清爽簡單。

冰箱空了，我就到大樓後面兩條巷子外的黃昏市場買菜。這個市場下午三四點才開始，入口處有賣米粉湯、蚵仔麵線、臭豆腐的攤子，狹小的巷子占滿各種菜販肉攤，綿延幾百公尺。剛開始的時候我不太能進市場，以前留下的記憶讓我害怕市場的氣味聲響，但這段時間裡，不上班不出門，白天寫作，晚上讀書，有時一整個星期都沒有離開這棟大樓，擔心自己太久不出門會逐漸無法跟人來往，我訓練自己每隔三天就到市場去走走，幾次之後竟也不懼怕市場的喧鬧跟氣味了，反而成爲我孤寂生活裡重要的出口。

傍晚時分，走出我住的摩天大樓，走五分鐘路程到達市場入口，看見那個賣米粉湯的小攤子總是坐滿了客人，浮著油豆腐的米粉湯在大鍋裡沸騰氣味好香，許多次經過我都忍不住想坐下來喝一碗湯再走，但還是忍住沒有停留。

左轉，走進這狹小的街道，先逛逛。盤算著該買些什麼，一條一百元的蜂蜜蛋糕、起司蛋糕、瑞士捲吸引我的目光，我快步走過，豬肉攤子上一排排吊掛著的三層肉、排骨已經有三個客人在等待，我不買肉只是經過，各種蔬菜水果的攤子，先記起來哪一攤的蔬果看來比較新鮮漂亮，還是經過，繼續往前。會讓我先掏出錢來的地方是在市場中段裡的一個賣手工麵的攤子，買麵條不用貨比三家我就認定這攤了，兩個二十歲左右的年輕男孩，像是兄弟模樣，手上總是沾滿麵粉，會細心地跟客人講解各種麵條的不同，陽春麵、刀削麵、意麵、拉麵，寬的細的粗的窄的，應有盡有，還有餃子皮，他們用一台小貨車的車箱當攤位，一斤新鮮好吃的麵條才台幣二十幾元，我可以吃上好幾頓。有時我會在那兒看他們忙，生意挺好，來的都是老客人，俐落地把麵條捲成一小團適合一人份，一團一團裝進塑膠袋裡分量總是不多不少正好一斤，還有甜麵醬、豆瓣醬、芝麻醬跟油蔥酥，也是自己做的，裝在塑膠小圓罐子裡可以冷凍收藏。

勤奮安靜的男孩子，自力更生，手藝或許是外省老爸那兒傳下來的，也許是去外面學來的，不知道，臉上常常沾了麵粉有些白白的，看來面容白淨斯文，常常很親切地跟我談天。

買完麵去逛青菜攤子是一大考驗，我老是分不清楚菜的種類，最熟悉的就是大白菜、高麗菜，那些分量都太多不適合我，還是買一把空心菜，一把小白菜，模樣小巧的高麗菜心煮湯清燙都好吃，裝了十個秤起來才二十元好像撿到寶，有次發現的大陸妹口感很好，也來一把，切一塊嫩薑丟進去，加了薑絲什麼青菜湯都變得好吃，這是我自己的偏好。另一種賣的都是馬鈴薯、小黃瓜、紅蘿蔔、番茄、四季豆之類的，我只買小黃瓜，五條才十五元，可以切成薄片夾進烤好的全麥土司裡，配上一杯熱巧克力牛奶，就是一頓早餐。

經過魚蝦蟹貝的攤子我總是快速走過，頂多買幾隻新鮮活跳蝦，其他的我看了會害怕。

沿著小路往下走，青菜好像越來越便宜，前面賣一把十五元，後段的賣一把十元，地點有差別，攤子大小各異，爲了生意好一點，位置比較後面的攤子得把價錢壓低了賣，如果有耐性等到七點多快收場，可以買到兩把十元的好青菜。有個阿婆推著腳踏車，竹編的菜籃擱在腳踏車後座，她賣的菜看起來都瘦小，但卻是自家庭園種的，沒有灑農藥，所以賣相比較差，葉子上總有蟲蛀過的小空洞，一把拿起來只有人家半把輕。但我喜歡這個攤子，可以買到紅骨的小葉種九層塔，不比小指大的紅豔朝天椒可以辣得人流眼淚，還有她的芥蘭骨子是深綠色的，吃起來口感特好，阿婆賣得比外面更便宜，可惜這兒識貨的人少，她的生意不好，常常隨便賣：「小姐，那一堆算你十塊就好。」我一個人吃不完，拿了一半走，還是給十元。

賣烤鴨、鹹水雞、煙熏鵝的攤子，賣手工水餃、餛飩，賣山東大饅頭、竹筍肉包、豆沙包，各種熟食，逛著逛著肚子餓了起來，買了五個剛出爐的竹筍包才四十元，還熱燙燙的就開始吃。大包小包提著拿著一邊吃包子，腳步沒停過，往回家的路上走，前面有群人在圍觀什麼，走上前去看，原來是在廣告貴夫人生機調理器，下巴綁著迷你麥克風，一會兒做果菜汁，一會兒做豆漿，甚至打甘蔗汁、做麻糬，變魔術似地表演著的男人，說著一套無懈可擊的台詞，聽得連我都想買一台回家玩玩。

下午綿綿的雨勢剛停，微濕的街頭，終於把市場都走完該買的東西買齊，左手拎著麵條跟青菜，右手提著竹筍包雜糧饅頭跟蘋果，慢慢走回我住的地方。這樣逛完市場有一點點疲累，待會就要煮麵吃晚餐，飯後繼續寫著今天還沒完成的小說。

打開電腦收你的信，在回信裡寫著今天去買菜的細節。這屋子現在只剩我一個人了，從早上開始寫作，寫不順的時候就擦地板、抹桌子，其實已經非常整齊乾淨的房子我仍費心打掃。讀你的文章，想像你寫字的模樣，貓咪可能就在你的膝蓋上呼嚕呼嚕地睡著，孤單的生活對我是有益的我知道，一直喧鬧的腦子終於安靜下來，或許我也該來養隻貓。

然後像貓咪一樣的你闖進了我的生活。

等待著你來，我望向窗外，灰濛潮濕的天空看不清，不斷聽見許多車子滾動劃出一道一道水花波濺的聲響，整天敲打著鍵盤寫作，有時會忘記外面的世界是什麼樣子。寫不出東西的時候，我聽很多音樂，或者任腦子放空，盯著窗外的高壓電線，一條一條看著看著久久不移開，直到眼睛痠痛昏花，直到視線空茫。

昨晚你來過，床鋪上四處散落你的頭髮，我一一拾起，握著那些髮絲倒臥在床鋪上蜷縮身體，好像你還在我裡面沒有退出去，彷彿你仍在那兒動作著，眼神裡都是火焰，爲什麼會遇見你呢？我想不出原因。就這樣靜止不動，很好，你眼睛裡小小的火光跳動，我循著那閃動的光芒進入了幻境，你帶我去的是什麼地方呢？那是我未曾到達的，你的手指探觸著，是在那兒嗎？那兒有什麼我自己都不知道的東西嗎？我不問，你不答，那麼就這樣，我只想與你一起沉醉。

「我到樓下了。」電話那頭的你這樣說。數著時間，想像管理員幫你刷卡你穿過入口等電梯然後上到十四樓，一兩分鐘過去像一世紀那麼久，我打開門探頭向外望，等待著電梯上升，噹，電梯門開了，看見你抱著一束花從電梯走出來，心跳得好急，我用力深呼吸三次，設法平靜自己，沒辦法啊！達達達達，是你的腳步還是我的心跳？你走路時經常頭會往右邊低垂，右側長長的劉海隨著腳步晃動讓面容若隱若現，你走過來了，也許就是十幾步的距離，感覺這走道堆積了很多雲朵讓你的步子輕得在飄，幾乎已經聞到你身上的氣味，玫瑰的香氣，混雜著生猛的汗水，芳香甜腥，猶如你那混雜著童稚與悲傷、溫柔而狂野的面孔，腿間一陣抽搐怎麼回事，我開始暈眩，趕緊閃進屋裡，站在鞋櫃前面被拖鞋卡住一下，很奇怪地全身動彈不得就定在門前，然後你推開門走進來從背後抱緊了我。眞膽小，我這人，什麼樣的人我沒遇過，怎麼這時候還覺得害羞，怎會慾望某個人到全身都會疼痛的地步，從一開始就好慌亂，不敢相信你會眞的走向我。

也許是黑夜，也許是清晨，你蒼白的臉抹上紅暈，垂落臉頰長長的劉海遮住你的右眼，我總是伸手去撥弄想要看見你躲藏的那隻眼睛，兩手在你濃密烏黑的頭髮裡翻攪，張嘴含住你金黃色的髮梢，久久地看你，小小的鼻子在中央畫出一條分際，兩頰散落許多淡淡的雀斑，左眼清亮澄澈，右眼哀傷神祕，微笑的時候俏皮而靈動，攢蹙著眉頭瞇著眼睛時悲傷得令我心碎。有時你突然狂野起來，像隻野獸一樣撕扯我，咬囓我，快速地移動著手指好像要把我穿透撕裂，那時候你的神情有深不可測的癡狂，濕潤的眼睛裡有許多火焰在奔跑，我凝視著你總像看見好幾個不同的面孔在我眼前轉動，哪一個才是你呢！眨動著眼睛按下腦中的快門要捕捉你每一種表情，托住你的臉無數次地親吻你，你乘著一艘紙船，從河的那端搖搖晃晃地蕩過來……是誰摺了紙船將你送來呢？我的女孩，我是多麼迷亂。

「看你又在傻笑。」你摸摸我的頭髮，笑我傻氣，沒辦法，這樣傻笑不是我可以控制的，就是會不自覺地微笑起來。你自己還不是，癡傻的表情彷彿時間已將你的心魂奪去。

終於在一起了啊！

好像等待了很久很久，那一定是錯覺，我們認識多久了呢？「夠久了。」你說，彷彿你久遠以前已經等在那兒，等我彎過轉角的時候去發現。是你吧！我問自己，是你吧！你問我。

一開始我們就知道會相遇然後相戀，這是無法拒絕的事，拒絕過了，沒有辦法逃開。

你撫摸著我身上的疤痕，深深淺淺大大小小的疤痕共有好幾處，你溫柔地親吻著我的疤痕，好像我還會疼痛似的。

在你遇見我前我就已經遇見你了
而一切的發生是讓人無法拒絕也無法避免的事
在你遇見我的破洞前我就已經遇見你的缺口了

你在信裡這樣寫著，這是無法對別人說明的事情。第一次看見你，在那家餐廳裡，你安靜地在一旁，同桌的四個人閒談著，周圍有許多客人，卻彷彿屋子裡只剩下我跟你，那天到底說了些什麼我不記得，你甚至沒有注視我，我也試著將眼光移轉不看你那邊，我知道有什麼存在你跟我之間，很清晰，但我們都沒有動作。世界只剩下我跟你，在後來幾次的見面裡，總是出現這幻象，有你在的時候，其他人就模糊了，我會試圖鎮定自己不要一直看著你，不要只跟你一個人講話，設法不要讓自己的情感看起來這麼明顯，但沒辦法，即使我不看著你你也出現在我的視線及思緒裡，把我占滿。

那天吃完飯你陪我去搭捷運，其實是初次見面我連你的名字都沒聽清楚。在月台上等捷運來的時候，你緩緩說起家裡的營生，說你從小是在夜市裡一家小吃店裡長大，爸爸去世之後一直像小姐那麼嬌貴的媽媽如何扛起那家店，怎樣開始學做一切的買賣。淡淡的話語描述著，我好像已經看見你是如何走過那些我其實沒有看見的生活，好像可以看見那條小街上住著一個小女孩，與我遙遠的記憶連接起來。

你看見我的悲傷我看見你的悲傷，那悲傷掩藏得那麼深那麼完整我們以為不會有人發覺，然而還是在我們彼此對望時不斷地流瀉出來。

有時我給你寫信，安心地把我獨自寫作生活裡的點滴寫下傳遞給你，我知道你會明白，但我要些什麼我不知道，沒有伸手對你索取，只是知道你在那兒，占據我的思緒，每次你的回信總讓我一再地反覆閱讀，我們什麼都沒有明說，只是靜靜地等待那一天的到來，我們的生命是互相連結的，這是誰都無法改變的事。

那晚在飯店的時候，我並不知道你是來看我的，也不知道爲什麼你無法確定要不要見我，我就那樣跑到你住的地方去，擔心著你會不會把我趕走啊！因著某種我不知道的抗拒，我們互相吸引著卻不知該如何面對。

你不斷地喝著啤酒喝得那麼急，我一直說著話說得那麼快，距離你只有五十公分，但我遲遲不敢靠近，「沒關係啊！這樣就很好，我只是來看看你。」我說。

或許是我先擁抱你的吧！身體碰觸著的時候可以感覺到醞釀在我們心裡好久好久那麼多的情感跟慾望一下子全部炸開，你伏在我肩膀上，開始哭了起來。

我知道你害怕，我也害怕著，命定裡那麼清晰的東西眞正到來的時候卻讓人那樣驚慌失措。兩個那麼悲傷的人會不會讓彼此更加悲傷呢？我們都不知道。

然後我們就不再抗拒了，等待了那麼久，我們都知道這是無法拒絕的事，只是我們沒有想到會有那麼好，彷彿生下來只爲了等待重逢的這一刻，把生命裡全部的愛意交到彼此手中，只等著這一刻來到此處來證實這一切並非我們個別的想像。

你在我身體裡，閉上眼睛，癡迷沉醉的神情好像進入了一個非常美好的地方，那是什麼地方呢？帶我去，我想要知道那兒有什麼。

纏綿在床鋪上，音響裡傳來 Bill Evans 的《Walts for Debby》，我們都愛聽的 Bill Evans，在這時候替代我們說話。

總像沒有盡頭似地，貪戀著彼此，不知道應該在什麼地方停下來，說話擁抱接吻做愛，或者分不清這幾個動作完全混雜在一起，到底多少天過去了？好像已經過了幾萬年似地我們那樣纏綿著，不可思議地瘋狂，完全無法停止，每一次都以爲應該可以比較平靜一點了卻翻升到更激烈深刻的地方，有時我們幾乎都要停止了呼吸。

凝視著，對望著，在那眼睛最深最深的地方，翻滾著如雲浪的記憶，我斷續訴說往事，語言文字都無法確切形容，先拋一邊去吧！卻緊緊跟隨著我，其實那是我的影子，你都看見了嗎？你俯下身子拾起了我的影子，小心翼翼地捧在手掌上，那時候你的手指變得透明，我的影子淡淡的，像蜻蜓的翅膀在你雙手上下起伏，然後你將手舉到嘴邊，張口，將那個影子含住，呑嚥了下去。

你說我沒瘋，瘋狂的是這個世界，這個我知道，但被困在這瘋狂裡的女孩怎麼辦？來不及長大就已經被壓扁，夾在回憶的大書本裡，你知道我，溫柔地吻遍我的身體，狂野地將我占據，強大的力量從你的指尖傳達灌注了我枯槁乾涸的身體。

我不相信愛情但我相信你，我知道在這樣的時刻相遇有其意義，我們都懼怕那個字眼，那麼就不要將它說出來，我們緊緊相繫形成一個圓圈圈住了時間讓一切停留在這兒。

媽媽在一旁哭著，「長大了我都管不動了。」她不知說了女孩什麼，女孩頂嘴跟媽媽吵了起來。

「竟然說我不是她媽媽。說我沒有養過他們。」媽媽哭得那麼傷心，女孩站在一旁，感覺眼前綻開一個好大的窟窿，整個房子裡的衣服都往那個窟窿裡跌，店裡的客人好像也要被呑進那裡，所有的一切，女孩子踱著腳步，統統滾下去吧！擰絞著雙手，不知道爲什麼自己會說出那些可怕的話語，發生什麼事了？媽媽跑進房間要收拾東西，「不認我這個媽我看我還是走了吧！」爸爸拉住媽媽的手，要女孩道歉，「快跟媽媽說對不起。」女孩心裡有無數的聲音，對不起，當然對不起，怎麼可以對媽媽說重話，但是已經說了，話語像彎刀射出去又返回到女孩身上，刺中了她的心。我不是故意的，女孩囁嚅著，不是討厭媽媽，只是還不習慣，不知道該怎麼辦？

還在鄉下的時候，屋子裡總是亂七八糟的。女孩不是個手腳勤快俐落的孩子，媽媽不在，爸爸總是在忙，弟妹還小，一樓的客廳裡堆滿了貨物，二樓是爸媽的臥房，他們全家都住在這個大房間裡，到處都堆滿衣服，該洗的、洗好的、穿過、沒穿過、大人小孩，衣褲鞋襪擱得滿地，弟弟的玩具，妹妹的書包，上課用的課本，什麼東西都找不到適當的地方。女孩常常試圖要挽救這個混亂的局面，但總是徒勞無功，不知道該從什麼地方開始整頓，也或許是她自己的腦子裡沒有辦法想像一個整齊乾淨適合一家人生活的屋子該是什麼樣子。

有時在黑夜裡醒來，爸爸還沒回家，她會盯著通往三樓的樓梯猛看，三樓是被遺棄的地方，供奉著沒有人去祭拜的祖先牌位，前面有個大大的陽台放置洗衣機跟曬衣架，女孩記得以前賣錄音帶的時候，淋了雨打濕的錄音帶都是鋪在這個空地上曬太陽。那個通往三樓的樓梯使女孩非常恐懼，她經常想像他們遺落的家庭生活其實是在三樓那個廢置的房間裡搬演著，只要她能夠順利地爬上那個樓梯，就可以找回已經失去的美好時光，但那不過幾十級的狹窄樓梯卻是無法通過的，她會在那樓梯轉角的地方深深地陷落，咻一下被什麼很黑暗的東西吞進去，然後再也爬不出來，她會被困在沒有人找得到的地方，獨自地，大聲呼救也不會被聽見地，困在那兒。

國中三年級從鄉下搬到豐原去，離開了那老舊的房子。原本擺攤子的鐵皮屋房東要翻建成正式的店面租人開店，房租頓時漲了幾倍，但是這麼多年下來已經在這兒有了固定的客源也做出了名號，所以爸媽就跟隔壁的皮鞋阿伯把店合租下來開了一個小小的服飾店，媽媽也搬回來住了。後來兩家鬧翻之後店面用三合板隔成了兩間，女孩家有了獨立的服飾店，狹長的店面空間不大，掛衣服的架子把屋子都占滿還延伸到騎樓去，不知道是不是擺攤子習慣了，雖然開的是服飾店，但店裡的氣氛還是像地攤一樣，滿坑滿谷的衣服，騎樓延伸出去的地方擺了平台放拍賣的衣服，警察來了還得趕快把攤子收起來以免被開「占用人行道」的紅單。店面後方分成上下兩樓，上面隔出一個小閣樓，閣樓下面的空間擺了小冰箱鐵餐桌電視機當客廳，後頭有小小的浴室，角落一架鐵製的小梯子爬上去就是那閣樓，非常狹小的長方形空間，不到三坪大，高度只有一米六，前方擺著一張大床給爸媽睡，後面兩個單人上下鋪，女孩跟妹妹睡上鋪，弟弟睡下鋪，中間靠窗的地方擺了兩張小書桌，走道的部分幾乎只能用擠的才過得去，太高的人如果站直身體頭就會碰到屋頂，因爲爸爸是木匠，以前專門製作家具跟裝潢，所以小小的空間設計得一應俱全，誰見了都說不可思議，好像個迷你屋一樣。之前女孩跟弟弟妹妹住鄉下老家，媽媽在台中，爸爸忙起來就住豐原潭子各個賣場，一家人就這麼分開住，好不容易有了自己的店，一家團圓，雖然跟鴿子籠一樣小，他們情願這樣全家人擠在那個小閣樓裡生活。

因爲閣樓太小，女孩總是得打開窗戶爬到隔壁家的屋頂上透氣，妹妹在窗檯上種了許多植物，樓下經常都是喧鬧不堪的，生意一忙爸媽就上樓來喊她下去，那時她功課正忙，經常一邊拿著明天要模擬考的課本念書一邊幫忙招呼客人，有時候書念不完哭起來不肯下樓，會被罵得很慘，「你不知道你是吃什麼長大的嗎？」他們總是這樣大聲斥責她，嗡嗡嗡罵人的聲音淹沒在喧鬧中，女孩好恍惚，發生什麼事情了？慌亂地拿著課本往人群裡跑，「我明天要模擬考。」女孩喃喃自語，沒有人聽見。

女孩記得，搬到店裡住的第一天晚上，她非常興奮，小小的閣樓堆滿紙箱，她跟妹妹一起拆封，把東西一樣一樣放到定位，躺在爸媽要睡的大彈簧床上，新買的床單是天藍色的，上面有小小的貝殼、海星圖案，又軟又香，弟弟抱著一個玩具坦克車在旁邊看漫畫，妹妹把她得畫圖比賽第一名的水彩畫貼在床邊的粉牆上，這個閣樓好小，連小孩子都覺得狹小的地方，但是媽媽明天就回來了，爲什麼不是今天呢？不知道，好像還有很多事要處理，沒關係，明天，就是明天了，媽媽就要搬回來跟他們一起住了，這是千眞萬確的事情。

聽見爸爸在樓下喊她，八點多了，樓下人一定很多，女孩打開桌上的水瓶，倒了一杯水，待會下樓可以給爸爸潤潤喉，女孩一手捧著杯子，從連接閣樓的鐵樓梯一路往下走，不過是十幾級的短樓梯，女孩性急走得快，一不留神就滑了腳滾下樓去。

摔得不重，但是嚇了一跳，女孩覺得右邊手肘有些疼痛，爸爸跟來幫忙的阿姨都跑過來了，還有一些客人，大家都圍著她，「你的手受傷了。」有人大叫著，爸爸拉起女孩的右手，這時她才發現自己的手臂已經皮開肉綻，新製的鐵梯頂端有個銳利的切口，原本爸爸才叨唸著要叫工人來磨平，沒想到女孩滾下樓的時候正好就被那切口劃開了肌膚。

是爸爸抱著她跑，跑過整條復興路，穿過媽祖廟，然後到了中正路的英外科診所。女孩甚至來不及穿上鞋子，也沒時間哭，其實她已經要升上國中三年級了，是個大孩子，爸爸竟然抱著她跑了那麼遠的路，他的袖子、胸口上都沾染了女孩的血跡。

是的是爸爸驚慌失措地跑過幾條街帶她去急診，是爸爸陪著手術完的她慢慢走回店裡。許多次，她知道，剛上國中一年級，爸爸甚至幫她準備便當，雖然那只是個飯菜不怎麼好吃的便當，但她吃得很香甜。她記得，後來爸爸沒時間下廚了，那段時間，他天天開著車子來給她送午餐，一次就在車子要穿越馬路的時候撞上了一個摩托車騎士，因爲發出巨大的聲響驚動了學校的人，班上同學們從位於二樓的教室往外探頭都看見了，「某某某，你爸爸的車子撞到人了！」那時候她多麼驚慌。

爲什麼是這樣，爲什麼美好的記憶會混雜著恐怖不堪的部分，她其實是一個被爸媽認眞寵愛過的孩子是吧！一定是這樣的，媽媽離家之後，每年六月她生日，媽媽都會特地從台中回來幫她慶生，買很貴很貴的冰淇淋蛋糕，還送給她一輛腳踏車，還有還有，媽媽分期付款給她買了家裡的經濟根本負擔不起的鋼琴，只爲了音樂老師說她是個有天分的孩子，她那時候多麼任性，那鋼琴的價格要媽媽用多少辛苦的工作才能換得，而那些錢如果用來還債家人就可以少受很多苦。許多事呼喊著來到她耳邊，不要只記得那些受苦的部分，不要把自己當成一個悲慘的小孩，你忘記了嗎你忘記了嗎？苦難都過去了，爲何還要這樣苦苦糾纏不放過自己，媽媽就要回來了，一家團圓，就把那些複雜難解的過去全部拋開，讓人生重頭來過。好不好。

不知是因爲傷口太大或是醫師技術不好，縫了二十幾針，包紮了一個多月才拆線，女孩的手臂上從此留下十公分長一公分寬的巨大疤痕，明顯的針腳，好似一隻蜈蚣攀爬在手臂上，冬天乾冷會不斷地脫皮，雨天還會痠疼。

她始終記得等待媽媽回家那個晚上，躺在溫暖的大床上，她還在等著，從醫院回來之後，平息了混亂，手臂纏著綁帶屈起吊掛在胸前，夜深了，明天還要上學，但是她睡不著，麻藥退掉之後的疼痛顯得模糊，小小的木板上下鋪，弟弟在下鋪熟睡，她跟妹妹睡的上鋪距離天花板不到一公尺，起床的時候得小心不然會撞到頭。這裡很陌生，剛裝修好的閣樓處處散發著油漆的氣味，狹窄的空間，這裡是以後的家了，告別那個住了十幾年的老房子，她並不特別覺得難受，只是每天要通車上學有些麻煩，老家的家具都沒有搬動，她們只帶了必要的衣物跟日用品，那個房子是否已經變成往日記憶的博物館，關上大門，把一切不可告人的祕密都鎖在那陰暗的房子裡，沒有人會去探究，而她們也不去掀動。

是啊！終於離開了，多少時間過去了，那個屋子二樓是爸媽的房間，媽媽離開後就是他們三個孩子跟著爸爸一起睡，床邊的兩扇落地窗子的玻璃花色不同，因爲其中一扇被女孩打破裝了新的，沒辦法找到當時那種雕花的磨砂玻璃，那次女孩的右手腕上留下新月形狀的疤痕，也流了很多血，但是沒有動手術，怎麼回事呢？大家都以爲她是貪玩在床上亂跳不小心跌跤撞破了窗子，女孩知道答案，那一次，她是故意要撞破落地窗的，爲什麼呢？

她看見自己落在窗玻璃上的形影，好像一個分裂出去被放逐的自我，比原來更健康更美好的自己，那曾經是她擁有過的眞實的影像，她想要一直保留著但那人不斷地遠去，以一種她無法控制的速度穿過玻璃窗飛奔向不知名的地方，女孩喊叫著，不可以，不可以走開，丟掉之後就找不回來了，等等我，等等我啊，別跑。

那情景讓她非常害怕，女孩試圖要抓住那個人，好像失去之後就再也找不回來，情急之下她從彈簧床用力彈跳撞向那扇窗子。碎裂的窗玻璃割破她的手掌跟衣衫，沒有感覺到疼痛，感受到的只有失去，她失去了，跌碎一地晶瑩的玻璃碎片映照出她即將瘋狂的臉，小小的，無數跳動的玻璃碎片往身邊散開，她已墜入虛空。

不想了那些可怕的事，都過去了，媽媽就要回來了，女孩數著時間，再過十幾個小時，媽媽應該中午以後就會回來，那麼她下課之後就會看見媽媽了，這裡太小沒有廚房所以媽媽不會做晚飯，已經不記得媽媽做的飯菜是什麼滋味了，沒關係，吃自助餐也可以。經過五年多，她已經讀完小學，上了國中，就快要考高中了，已經習慣沒有媽媽的日子，不知道跟媽媽一起住是什麼感覺呢？終於她也是有媽媽的人了，終於，只要媽媽回了家，她就可以變成一個真正的小孩，不需要繼續扮演不適任的角色了是嗎？是不是呢？女孩不知道，噩夢是否一夜之間就會消失，但會不會噩夢正如她手臂上的疤痕會一直牢牢地吸附在她身上，用各種形式提醒她，幸福未曾被允諾，而她已經是個被毀壞的人。

然後她聽見弟弟妹妹歡快的呼聲，「媽媽回來了！」她撫摸著纏住繃帶疼痛發痠的右邊手臂，走到樓梯邊，一級一級緩緩下了樓。

天亮的時候，
你在我的懷裡靜靜地睡著。

我看見你睡著的樣子，
有星星在你眼睛裡面，
圓圓地飽成幸福的彎度，
房間裡安靜著，
夢躲在你閃閃的眼睫底。

你睜開眼，
我的眼睛就全都是你了。

直至現在，
我看著你，
仍然止不住地墜落，
仍無法開口說你的名字，
你的名字深刻地繡進我的心裡，
雪落一般吞噬了一切，
只要一開口，
便會莫名地顫抖消融。

記憶的最深是海，
大塊的陽光打在上面，
安靜而豐美，
凝看裡聽見由遠而近的一波一波的起伏，
是心的跳動，
說愛。

你在信裡這樣寫著，傍晚六點鐘，打開信箱收到這些字句，我怔忡著，一次一次讀著信，清晨才送走了你，我回到床鋪上，棉被跟枕頭上都遺留你的氣味，濃郁芬芳，轉頭看見窗外仍是陰暗濕涼的天色，我沒有感覺到憂傷，連著好幾天的陰雨，這次我沒有發病。

你告訴過我的故事還在耳朵裡回響，繼續地，我敲打鍵盤書寫著這已拖延太久的小說，當我一字一句寫下這些，猶如建造一座永遠蓋不完的房子，蓋了這邊就拆掉那邊，好不容易砌了牆，旋即又撤下窗子，總是有無數個缺口無法補上，我失去正確的語言可以描述。

那陰暗的房子，那個狹長得如窄巷的店面，那輛老舊的拼裝車，那一下雨就要趕緊關掉以免燒壞的電燈泡，包裝衣服的塑膠袋發出的窸窣聲音，一排排吊掛衣服的衣架，那些日夜裡無盡的奔忙，無法成眠的夜晚，破碎的噩夢，我斷續訴說，你知道我，是這樣吧！

我記得你輕撫著我的脊背，連接背部與腰部之間的線條是你最愛的地方，你用手指輕緩地劃過，蓋上一個一個吻，柔軟的嘴唇沿著那曲線游移，這樣的時刻，使我感覺到自己如你所說的那樣美麗。

然後說出了愛，那字眼，你望著我，我看著你，多少次都不厭倦，不敢置信地一再凝視，說愛，是愛吧！怎麼可能不是，爲什麼會這樣呢？

給你看我第一次去美國的照片，一向不愛拍照的我在朋友的催促下拍了很多很多，翻開一本本照片，我看著那時的自己，及肩的長髮，豐潤的臉，笑得那麼燦爛，不敢相信那竟然只是兩年前的事，後來再去一次美國，那次的照片我連一張都沒有沖洗，回來之後，好像是一夜之間我就衰老了，臉頰整個消瘦，額頭跟眼角長出細細的皺紋，甜美的笑容也就此消失。

我都不去碰觸關於那時的記憶，後來我寫了小說描述那些時光，但沒有把自己打開。後來我談了戀愛，那麼拚命那麼努力好像爲了證明什麼，但其實我仍是封閉著自己。後來我變成一個人了，還是繼續寫著這故事，然後你來了。

年紀大了啊我，老得可真快，我知道不只是年紀的緣故，好像生命裡所有的菁華全部被抽空了，我帶回來的只是一個空殼。

當然不只是愛情的緣故，我失去的是希望。

之後遇見了你。不知道爲什麼我就不斷地向你開放。

約好六點半見面，「帶你去一家名字很奇怪的餐廳，我們來個溫和有禮的約會。」你在信上這樣寫，然後我就穿上美麗的衣裳，搭公車轉捷運去看你。

在餐廳裡，我們按捺著想要撲倒對方的熱烈情緒，嘗試著要溫和有禮地約會。做起來好困難，在餐廳裡止不住地兩手交纏，在餐桌底下忍不住靠近又趕緊分開的腿，用眼神親吻著，為了止住這樣的癡迷我們說著許多話，但好像也不知道自己在說什麼，一直低頭吃東西、喝飲料，但只要不小心抬頭望著彼此，就會覺得好昏亂，喝著好大杯竟然有著碎冰沙的瑪格麗特我好想笑，沒看過這麼孩子氣的調法，你一直看著我我就無法思考，低頭喝酒，仍感覺到你的注視。

那是什麼呢？交雜著愛慾，充滿了神祕，飽滿得要破裂，不喝酒我們也會醉。你伸手撫摸我的臉，我張口含住了你的手指，滑動著，像每一次深入我那樣，我緊緊包裹著你，而你仍滑動不止。

你說喜歡我的字，我就用筆在紙上寫了一個故事給你。長久以來使用電腦幾乎變得不會寫字了，緊握著原子筆的右手逐漸痠疼起來，但我仍一字一字寫下，有些我說不出口的，甚至連我自己都不知道的，你會明白嗎？我寫著一個故事，關於那個小女孩，以及，雲的獨角獸，你知道我的總是比我自己還要多，那麼一個又一個故事說到現在你聽懂了什麼？我是不是那個你應該要轉身走開遠遠逃避的人呢？還來得及，快逃。

最初，在愛情還沒發生的時候。

女孩仰著頭凝視天空，三月，天還涼著，有幾朵雲，還有一些稀疏的陰影，陰影在女孩心裡，路過的人都以爲天上飄過什麼，也跟著抬頭，但天空裡只有飄過的雲朵跟不動的藍天，後來大家都搖搖頭走了，經過女孩身邊的人有許多許多，留下的只有髒髒的鞋印。

女孩知道自己在找什麼，但這是祕密不能說，每天下午女孩都到街角這裡看天空。一天，女孩看見了一朵雲，那雲長了角，小小的角在那兒，潔白而溫暖，軟軟的，摸起來像棉花糖，等了那麼久就是這個呀！一隻雲的獨角獸，女孩呢喃著，「來這兒。」獸喊著女孩，「你不要害怕，慢慢走過來啊！」雖然獸這麼說，聲音語調都好溫和，但女孩有點害怕。

獸是溫柔的，女孩伸出小小的手指撫摸獸的角，想起了許多事。眞奇怪，手掌覆蓋著那鈍鈍的獸角，像被穿透了掌心，許多隱藏的祕密就這樣流瀉出來。

爲什麼呢？女孩自言自語。

我就是你的記憶啊！獸說。

如果不想就不痛了吧！那就不想了，女孩想，不管如何頭腦裡都在想著各種事情，甩甩頭，天氣很好，一定沒問題的，就這樣走著路，在回家的途中遇上這隻獨角獸，這是屬於她的喔！獸乖乖地跟在女孩身後，慢呑呑地走著，好像是春天，女孩穿著裙，腳上掛著鈴鐺，叮叮叮，一路上大家都讓開路，因爲獸的臉長得可怕，女孩以爲是自己的緣故，以爲人們厭棄的是她襤褸的衣著跟髒污發臭的身體，其實人們害怕的是自己，因爲獸的臉是一面鏡子，映照出的醜惡是人們內心潛藏的祕密。

我們要到哪裡去呢？女孩問。

到你的夢裡啊！獸說。

那才是開始的地方。就算是噩夢也沒關係，我會保護你的。

女孩手腕上有著圖騰，那是女孩用原字筆畫出來的。

害怕的時候，想哭的時候，女孩用原子筆在身上不斷地畫圖，原子筆尖輕微地刺痛著皮膚，很輕很輕，看見身體像一張斑駁的畫紙，上面圖畫著什麼呢？

如果不這樣，可能會使用刀子。女孩說。

獸說，以後畫在我身上吧！刀子也可以，我的皮厚，而且血只會流一點點。

我不能讓你痛。女孩說。

緊抱著獸的前腳，好像還可以聞到泥土跟青草的味道，不是雲做成的嗎？爲什麼踏過這許多斑駁的道路？

因爲我一直跟在你身後啊！陪著你走過許多許多地方。

這就是我存在的目的。獸說，我的存在就是不讓你傷害自己。

如果睡不著怎麼辦？女孩說。那兒有吃人的怪物。

獸重重地點點頭，來我懷裡，我會緊緊抱著你。

我會陪你等到天亮。

天氣一熱，獸的角就會開始融化了，女孩不知道，日復一日她領著獸往夢的深處走，那兒太黑太深太熱。

獸犧牲了自己。

這是不公平的。女孩看著獸漸漸融化的角，大叫。

獸說，這就是愛情啊！我犧牲的只是一隻角，得到的卻是全世界。

我們該怎麼辦呢？女孩坐在地上哭了。用雙手捧著獸不斷融化的角，柔軟得彷彿融化的雪，在女孩手心裡汪成小小的湖泊。

我不會離開的，等到這角融化我就會變成人，就可以一直陪著你了。獸說。

黑夜裡，一隻缺了角的獨角獸，一個瘦小的女孩，手牽著手，安靜地等天亮。

等待著你的時候，就在這個屋子裡，好像是昨日，好像是此時，我突然那麼不安，陷入愛情裡的快樂甜蜜一下子變成對於未來的恐懼，使我美好的也將使我毀壞，會這樣嗎？我不知道。

似乎是過去，似乎是現在，等待著你來，或許你不來了，或許你再也不會帶著花來看我了，那麼美好的愛情突然出現也會突然消失，我習慣了，正在練習適應，我害怕總會這樣，一旦我熱切地專心想要追求什麼那個人就會離我遠去，不是不相信你，我不相信的是命運。

總是輕易地讓別人愛上我，好像雙手往前伸，張開手掌，就會有人把愛情奉上，好像我只要微笑點頭，就會有人來到我身邊說：「請讓我照顧你。」

但我不相信。

我只怕快樂幸福是與我無關的，我的眼睛經常望著旁人看不到的地方，無論身在何處我都感覺到慌亂不安，彷彿被擺錯了位置，好像別人無論如何寵愛我都是因爲他們沒有發現我的祕密。

其實我沒有祕密，是祕密擁有了我。沒有經過我的允許，取代了我的存在。

然後我聽見門鈴聲，我知道是你，隔著厚厚的大門可以感覺得到你的心跳，我將臉頰貼在冰涼的門板上，大片大片的淚水濡濕了我的臉，我知道你來了，或許有一天你也會離開，我不知道愛情是如何來到如何消失的，但我知道該來的會來該走的會走，任由時光將我推向你，小小紙船送來的你傳來的是什麼訊息呢？那天我好高興地打電話給你，家裡的債務好像有了解決的辦法，不是一勞永逸但確實有了轉機，那時候我才知道自己眞的好久好久沒有輕鬆地笑了，臉頰就是這樣不斷地消瘦塌陷，長久以來我眞的好累好累啊！

然後你來了，不知道爲什麼我那麼驚慌，好像你會張口對我說：「對不起我還沒有準備好。」

當初我就是這樣才從美國回來的，這是一句我沒有辦法聽第二次的台詞，如果一定要說請換另一個方式，或者只要說：「對不起。」我就會明白。

驚嚇著自己，那轉動的念頭狂奔如野獸，我管不住自己，所以我愛你了吧！我知道是這樣的，我封閉的心已經被打開了，那兒非常脆弱，還沒有痊癒，所以我才陷入了無盡的恐怖想像裡，離開美國的時候我的心已經被毀棄，帶回來的已經不是我自己。

可是你爲什麼那麼溫柔。

爲什麼以我無法抗拒的方式出現，而又那樣地愛惜著我呢？好像可以懂得我無法說明的事物，好像跟著我經歷過那一個一個無望的日夜，你知道我，我知道你，說來多麼俗氣，浪漫得令人發噱。我知道我還是一個不完整的人，天黑的時候，下雨的時候，甚至是大晴天春暖花開一切看來都很好，我都可能會陷入無法控制的憂鬱低潮，會被無止盡的黑暗包圍，不曉得還要花多少時間才能掙脫往事的束縛，不知道什麼時候才會健康起來。

打開這扇門，就可以看見你了，我知道是你，我要牽起你的手，擁你入懷，甚至不說一句話只是安靜地與你擁抱著。

那麼多的回憶穿梭如轉動的時鐘，鐘面上我看見你的臉，俊美狂野的面容已鐫刻在我心上，你在尚未打開的門後面，而我已經看見，那即將隨你翩翩而至的，我們的故事。

無數次你在我眉心印下一個深長的吻，許多無法說出口的就從那兒傳達至我心裡，我也在你眉心刻下一個記號，那麼今晚你是來吻我的嗎？站在門外的你我可以想像有多麼好看，神祕深邃的眼睛會讓我怎樣地陷落，我知道，打開門的時候你就會擁抱我，將我推到牆角狂熱地吻我，我會看見你緊閉著眼睛臉上那癡狂的神情，然後你會抬起頭，雙手捧著我的臉，凝視著，許久許久，垂落的長劉海晃動，將我搖晃進一個古老而深沉的幻境裡，那凝望的表情像要把我整個吞沒。

此時，我哭濕了我的臉，而你在門口張望，我打開門鎖，然後靜止不動。

輕輕地，聽見門把轉動的聲音。

穿過小街上賣著各種吃食店鋪的夜市來到你們家，一樓是老舊卻寬敞明亮的店鋪，遠遠就看見你那美麗年輕得不可思議的媽媽在店裡招呼，左手邊是製作小火鍋的料理檯，安靜靦腆地切著高麗菜、把火鍋料放進小鍋子裡的那個男孩是你弟弟，在洗手檯清洗著東西來幫忙的阿桑，這些人你都對我描述過好像我已經認識他們了，右邊賣剉冰雪花冰的部分還沒開始營業，店裡已經坐了八成滿的客人，每張桌子上都擺了一兩個熱氣蒸騰的小火鍋，一屋子的香氣滿溢到外頭去。肚子不知不覺餓起來，我們像客人那樣坐下，還沒開始吃東西我的臉就紅起來，一定是因爲屋子裡的熱氣使溫度升高，「看你今天穿得多秀氣，要拜見父母所以特別打扮過啊？」你微笑著調戲我，「才不是，我平常就穿這樣了。」雖然辯解著，但我的臉更燙了，你看著我的樣子使我害羞。

「以前你們家的服飾店也是在這種夜市裡嗎？」你問我。「不一樣，這兒是賣小吃的夜市，我們開店的復興路是以賣各類服飾聞名，豐原最有名賣小吃的夜市叫做廟東，那兒的臭豆腐、蚵仔煎、肉圓、清水街排骨酥麵最好吃，來自各地的觀光客都要去吃的。」我說著，回想在豐原媽祖廟旁邊哪條店租貴得嚇死人的廟東小吃街，假日時人潮多到不用移動腳步就會自動前進，有時看準了哪家店子得提早準備彎進去免得被後面的人推得超過了進不去。很久沒回去豐原，不知道景氣衰敗之後那兒是否依然那麼熱鬧？

你指著兩面牆壁上裝訂的大型玻璃展示櫃給我看，我們坐的這桌緊靠著牆壁，其中一個展示櫃就在我的右手邊正上方，抬頭就可以清楚地看見櫃子裡有幾十只大大小小造型不同的茶壺，每只都用茶水餵養得色澤飽滿閃閃發亮，「那都是我爸爸收集的。他花了很多時間在養這些壺。」你說。我好喜歡聽你說起爸爸的各種事情，手藝很好的他，會做各種好吃的料理，以前店裡生意好的時候賣咖哩飯、壽司，客人是怎樣地大排長龍綿延到隔壁的騎樓，爸爸溫柔的性情，那麼疼愛小孩子，細心嬌寵著豔麗如花的妻子，你說他每隔一段時間就會迷上收集某種東西，比如我眼前的這些茶壺，他離開幾年來依然在牆上的櫃子裡散發著淡淡的茶香。

吃完火鍋你帶我從隔壁爬上陡峭狹窄的樓梯到二樓你以前住的地方，你的老家。

「那是個很奇怪的房子喔！你看了不要嚇一跳。」不只一次你這樣對我說，我終於要去看你生長的地方了。

你打開老舊的木門領我走進去，映入眼中的是無數個門，一時間有種錯覺好像到了一個充滿了門卻沒有出口的地方。橫向寬敞的客廳，天花板是特別裝潢過的，像以前我們老家我爸爸親手製作那種圓弧形的木質天花板裝飾，邊緣仔細貼上薄木皮均勻地讓斜角變得圓滑，兩邊牆壁各有一個大型的木製酒櫃，我們家後來經過改建但還保有一個大酒櫥，一格一格擺放各種酒類、裝飾品，眼前我看見的這兩個櫃子都裝上暗色玻璃，日久月深顏色更深沉看不清裡面裝了什麼，「屋子很亂，都沒有整理。」你說，我四處走走看看，好熟悉，像回到自己家一樣，雖然是不一樣的擺設跟裝潢，卻有著那麼相似的氣味。

這裡存放著許多已經消失卻不肯離去的回憶，存放著過往的繁華與歡樂如何一日一日衰敗毀朽的過程，但沒有眞正毀壞，而在某一個時刻突然靜止下來，就停在那兒，無法向前，也不能後退。

一個時間已經被凝凍住的房子。

兩棟公寓二樓相鄰的房子從中間做了一個通道變成一大間，但是形狀多麼怪異。除了爸媽的臥室，這偌大的房子竟沒有一個「眞正的房間」，每一個房間都是相通的，而且都是簡單的隔間上面也沒有完整的加密，像在通道裡加上兩塊板子隔成屛障就當作一個房間，這樣形狀奇特而每間都相通的房間有六七個，走來走去不自覺就像進入了迷宮，如果是我一個人來我或許永遠都找不到出口可以下樓。

我們不知道當初爲什麼會建造這樣一個奇特的屋子，或許是因爲如此，你才會有那麼多破洞吧！

像迷宮一樣的老舊房子，牆上懸掛了好多張你已經逝去的親人的照片，爺爺、奶奶，以及你的爸爸，你曾經告訴過我的許多許多往事，在很短的時間裡你如何地失去了他們，還沒來到這個屋子之前我就已經熟知的，你生命裡的點滴，我站在你爸爸的相片前面，我可以想見他是個多麼溫柔而奇特的人，親切的面容就在我眼前，我凝視著他，在心裡默默地對他說話。

我說。

伯父，很高興認識你。

雖然我是個女孩子，而且是個頭腦有些奇怪的女孩，但是，請把她交給我吧！往後的日子我會好好照顧她的。

請你放心。

我不斷地說著，在這個安靜而有些陰暗陳舊的地方，角落堆積著你說爸爸不知從哪兒買來的各種二手家電用品，每一個老舊的骨董櫃子的抽屜裡都躲藏著許多家族的故事，每次你回家都會在那兒翻箱倒櫃地察看著，這兒有一張照片，那兒有一本札記，底下有幾張字跡斑駁的祕密史料，某一個格子裡有你爸爸親手寫給你們的信，還有很多很多你仍不知道的，等待著你去發現。你告訴過我的故事我不能寫進這小說裡，正如我無法完整地把自己的故事說一遍，中間總是有太多的模糊與空白，有太多我們不知道應不應該握有詮釋權那麼自私地寫出來的。但是我們知道彼此那麼深，彷彿我花去那麼多時間尋訪拼湊著記憶完成這個小說的過程裡其實你一直都陪伴著我，你讀完這個小說之後在信裡這樣寫著。

晚上在書房
開著小檯燈
非常安靜的夜晚
拿出你的小說坐在床上看著
貓咪們都跑過來
兩隻躺在地毯上
另一隻窩在我身邊

讀的時候好像可以看見那些大街小巷
那些人們叫賣的臉孔
你的腳步你的眼睛
都是我熟悉的
連卡匣式的錄音帶馬戲團抽枝仔抽糖果穿龍袍叫賣紹子麵的阿誠
都是我熟悉的啊
你的字變成一座橋

一個字一個字穿過我的眼睛
每個字都帶著一個記憶的祕密
然後我和你的記憶就被打通了

清晨五點
鳥兒們都醒來
安靜中仔細地傳來早餐店的聲音和香氣
安靜中街道上的空氣一點一點地逐漸醒來
一天要開始了
才正要帶你去遠方

貓咪們醒來
跑去窗前發著呆
聽完你說的故事
已經七點鐘了

陽光像是要讓所有的一切都從最深的地方甦醒起來
變得那麼寬厚
你的字一個一個地陪著我
在我的眼睛裡在記憶最深的海上
祕密地灑下像雨一般紛紛的亮光

你就這樣地對我說了一個晚上

清晨裡
我想著你現在在做什麼呢
在橋的另一端睡著的你其實就這麼安安靜靜地在我的身邊

一定就是這樣的心情，你讀著我的小說時所感覺到的熟悉與理解此時我都體會，在這你出生成長的地方徘徊我想像著你，想像你在這個屋子裡穿梭的樣子，想像你是如何從一個小女孩長成現在這使我無比愛戀的模樣，那無數個我來不及陪伴你的日子突然湧現在我眼前。

我開始哭了起來。

經過那麼多措手不及的悲傷，爲什麼你還可以這麼溫柔呢？太多感覺充滿了我，那些語言文字無法訴說的，通過這個房子每一個虛掩的房門向我打開，我悲傷著你的悲傷，疼惜著你未曾說出口的傷痛，連接著我自己苦痛的記憶，你的溫柔打動了我，此刻我知道我將會跟我曾經放棄的世界和解，跟我生命裡每一個疼痛難堪的白天黑夜，那我始終無法掙脫無形的損傷，那讓我必須不斷逃離的家人，我願意跟這一切和解。

突然我看見這黯淡的房子每一個張開的房間都透出光亮，映照著你的臉，我凝望著你發光的面容，聽見了海的聲音。

浪潮一波一波向我們緊擁的身體襲來，溫暖濕潤地將我們覆蓋。

在海浪的搖曳中我清楚看見那些日子，許多個傍晚，你搭著公車從新店穿越秀朗橋來到位於中和我的住處，許多個深夜或是清晨，你搭著計程車從中和穿越秀朗橋回到新店的家，就這麼來回在橋的兩端，應該在更早以前你就在這橋上奔波了，來回著，往返著，似乎從來沒有離開也不曾消失那樣。我在橋的這一端，你在橋的那一頭，愛情在這往返來回之間逐漸成形，我的眼淚氾濫成一條小河，是那長滿了蘑菇般小房子的橋下漆黑而幾乎凝固不流動的河水，此時，並肩走過你千百萬次足跡踏印的小街，相擁在你生長的老舊屋子裡，周圍的景致翻騰飛越回到遙遠的過往，兩個鬧市連成一條無盡的長廊，中間連接著一個狹窄的小橋，你背著書包從小吃店走出來要去對街買水煎包，我紮著麻花小辮子推著小車在橋上叫賣著錄音帶，你從橋那頭走過來，我從橋這邊走過去。

我們在橋的中央停住。

看見了對方。

整座橋都搖晃起來像一個巨大的搖籃，把你我搖晃進我們的懷裡。

是的就是這裡，走過喧鬧的人潮走過氣味繁雜的小吃攤子走過孤寂走過悲傷走過想像，走過午後走過黃昏走過深夜走過清晨，穿梭的步履吟唱成一首綿長的歌謠，那緊緊擁抱著的兩個孩子，從相遇的時刻就決心要守護著彼此。

就在這橋上。

後記

每次戀愛的時候，我都會跟愛人交換童年的故事。我眞的好喜歡在第一次做愛之後，兩個人光著身子躺在床上說一整夜的話，那樣的夜晚，好像就該把過去攤在對方面前才能表達愛意似的，或者說，如果我想在享受過對方的身體之後，更完整地保存對她或是他的記憶，就得連哄帶騙地讓他們把自己的身世說出來。我在意的倒不是什麼姓名、職業、嗜好、血型星座之類的，而是祕密，換句話說，就是不可告人、難以啓齒、無法言宣、沒人可傾吐的過去，對我而言，如果在美好的性愛之後沒有加上個人的祕密，愛情就無法完整。

我眞的聽過各式各樣令人匪夷所思、難以置信的身世啊！我也說了好幾種不同的版本，我並沒有刻意瞞騙的意思，正確地說，我是要通過別人生命的洗滌才能逐漸找出自己的過去。因爲我有許多部分的記憶是完全空白的，那種空白並不是遺忘或者記憶模糊，而是像被什麼人整個偷走似地，整個消失不見，但是每當我聽見別人喃喃地訴說自己的時候，我就會發展出一種全新的記憶，那是因為愛的渴求而自行衍生的，我甚至可以不假思索地說出連自己都會吃驚的故事，我相信，在那麼多種版本中，總會有一個是我失竊的身世。

竊取別人的身世，這似乎是我愛的方式，正確地說，使我著迷的並非某人的身體或情感，而是他們的記憶，對一個遺忘了自己某部分記憶的人來說，聆聽別人，尤其是情人的記憶，彷彿是最好的催情素，我用力大口吸吮自情人親吻過我的柔軟雙唇裡流瀉而出、龐大雜亂的記憶，將之融入我的耳膜、身體，然後再複製成我自己的，這樣的過程猶如一套愛的儀式，情人們經由呢喃的詞語抒發情意，而我竊取，在身體劇烈相交的時刻，我把他們的靈魂盜走，換上我自己的，完成愛情。

彷彿時間會切割我的身體在它裡面挖鑿出無數個小小的房間，正如我之前看過的一部影片，有個男人在森林的小屋地底下建造了一座由許多個房間組成的迷宮，每一個粗糙的房間都安置一個他自地面上綁架來的美麗年輕女子，他自認為是這些女子的愛人，長期將她們囚禁，他細心給女子們烹調食物、做蛋糕、烤派，一匙一匙餵她們吃，給她們擦洗身體、梳理頭髮，彷彿他眞是一個溫柔的情人，有時女孩子哭號著咒罵著想要設法逃脫，他就會暴怒起來鞭打她們，之後他又會深情無比地撫慰著那些嚶嚶哭泣的女子，好像打罵她們的並不是他自己。

一個星期總有一天他會在一個房間裡將所有女子聚集，逼迫其中一個大提琴家女孩演奏音樂，而其他女孩神色驚惶面容哀戚慘白地聆聽，男人則半瞇著眼睛好滿足好投入地看著他的禁臠們，幸福愉悅之情在他臉上綻開。

我看過這個電影就無法忘記那些畫面，那地底洞穴下的宮殿。我的記憶就是那不知藏匿在何處的洞穴，每一個房間裡，都囚禁著我的一部分自我，一段遺失的記憶。那些房間裡面起初我發現時空無一物，什麼都沒有，一定埋藏著什麼但我還不知道，我忘記的不是全部，只是部分，許多個部分，一段又一段的空白，彷彿相片沖洗後曝光過度什麼影像都看不清楚，記得的地方情節又顯得錯亂而不合理，空白與荒謬並陳，我的腦子就是這種狀況。

當我找到那兒的時候，打開每一個房門，一個破碎的記憶突然閃現，然後又一個，連接著另一個記憶，縈繞著人聲笑語，隱諱模糊，支離破碎又環環相扣。什麼在那兒呢？好像看見了，我的情人在枕邊對我低語，某一段時間裡有誰來到我身邊，時間摩擦著發出微細的聲響，相愛的時刻，離去的瞬間，情人對我訴說他們的故事而我訴說我自己。在那些小房間裡，一個又一個人來來去去，經過許多年，我所擁有的就是藏匿在某處的地下宮殿，裡面住著我的愛人與我的回憶，有時我會逐一探訪，有時我會一間翻過一間來回走動，翻箱倒櫃，四下搜尋，爲的只是想找出答案，與那男子不同的是，我那些房間裡安置的除了女人，還有一些男人，我並沒有使用暴力或迷藥將他們誘騙，我用的是愛情。

在我所建築的宮殿裡，佳麗何只千萬，我用撫觸過他們的手指寫下詩篇，他們說故事而我捏造，我相信在無數個虛構的版本中，總有一個或數個是我遺失的，或貼近我所遺失，愛是接近並且一一加以檢驗最好的方式。

多少年來我沉溺於此，不忍離去。

印刻文學 50

INK PUBLISHING

橋上的孩子

作　　者　陳　雪
總 編 輯　初安民
責任編輯　陳健瑜
美術編輯　黃昶憲
校　　對　余淑宜　高慧瑩　陳　雪

發 行 人　張書銘
出　　版　INK印刻文學生活雜誌出版有限公司
新北市中和區建一路249號8樓
電　　話　02-22281626
傳　　眞　02-22281598
e-mail　ink.book@msa.hinet.net
網　　址　舒讀網http://www.sudu.cc

法律顧問　巨鼎博發法律事務所
施竣中律師
總 經 銷　成陽出版股份有限公司
電　　話　03-3589000（代表號）
傳　　眞　03-3556521
郵政劃撥　19000691　成陽出版股份有限公司
印　　刷　海王印刷事業股份有限公司

港澳總經銷　泛華發行代理有限公司
地　　址　香港新界將軍澳工業邨駿昌街7號2樓
電　　話　852-27982220
傳　　眞　852-27965471
網　　址　www.gccd.com.hk

出版日期　2004年 2 月　初版（共二刷）
2015年 9 月 15 日　二版二刷
ISBN　978-986-781-0786

定　價　200元

國家圖書館出版品預行編目資料

橋上的孩子 / 陳雪 著
--初版, --新北市中和區： INK印刻文學,
2004〔民93〕 面； 公分.（印刻文學；50）
ISBN 978-986-781-0786（平裝）
857.7　92022996